敬斋

当代古典体诗词丛刊

當代詩詞詠揚州

上

周冠钧 编著

岳麓書社·长沙

目录

一、风景篇

柳亚子（1887—1958）

字安如，改字亚庐，江苏吴江人。清末秀才，诗人，创办并主持南社。新中国成立后，历任中央人民政府委员、全国人大常委会委员、政务院文教委员、华东行政委员会副主席、中央文史馆副馆长。著有《柳亚子自传年谱》《磨剑室诗词集》《词集文集》《南社纪略》。

广陵纪游

四月二十八日晨自焦山抵广陵，游瘦西湖、平山堂、小金山诸胜，薄暮还宿松寥。同游者，余与内子佩宜、宗兄翼谋，暨陈巢南、朱少屏、林一厂、金葆光、于范亭、汤树闳、吴东诸君，吴闻樨、陈馨丽、于西华、金曼诸女士，共十四人。

绿杨城郭古扬州，天遣狂生恣俊游。
修禊风光迟半月，过江裙屐尽名流。
烟花李白愁边句，宫阙杨瘘镜里头。
太息竹西歌吹地，输他白石有清讴。

冯振（1897—1983）

原名冯汝铎，广西北流人。曾任广西师范学院中文系教授和系主任、文学院教授。著有《自然室诗稿与诗词杂话》。

扬州杂诗八首选三

绿杨村到观音阁，一水弯弯数里遥。
渴想二分明月夜，藕花香里听吹箫。

小金山塔影飘摇，法海钟声已寂寥。
檐马丁东听不足，令人长忆五亭桥。
平山堂不愧斯名，天遣诸峰作画屏。
可惜春来江水阔，但知隐隐不知青。

田汉（1898—1968）

原名寿昌，湖南长沙人。戏剧家、电影编剧、小说家、词作家、诗人，中国现代戏剧三大奠基人之一。他写有话剧、歌剧、电影剧本、戏曲作品一百多部。一九八三年，《田汉文集》（十六卷本）由中国戏剧出版社陆续出版。

游扬州

邗沟水曲古扬州，廿四名桥镜底收。

又是绿杨村畔路，孤城如铁月如钩。

梅花岭访史可法墓

江潮如吼打孤城，百世犹闻杀敌声。
今日倾危如昔日，梅花岭上访先生。

瘦西湖

春堤十里柳千条，如此风光入素描。

平视侧观都艳艳，瘦西湖上五亭桥。

重游扬州

十访扬州卅载中，几回京口夕阳红。
听箫绝爱西湖瘦，试剑何如北固雄！
此日金焦拳击岸，当时青白锦包龙。
长江千古浓如乳，哺育吾民到大同。

张伯驹（1898—1982）

河南项城人。生于官宦世家，民国四公子之一。收藏鉴赏家、书画家、诗词学家，著有《丛碧词》《红毹纪梦诗注》等。

南乡子 扬州

杨柳舞宫腰，匀注胭脂上碧桃。春水如奁塘外路，吹箫，明月扬州廿四桥。
金粉易魂销，玉树琼枝唱绿么。人物风流何处去，烟消，只有青山似六朝。

林散之（1898—1989）

安徽省和县乌江人。著名书画家、诗人。被誉为当代『草圣』。诗词著有《江上诗存》。

扬州八首

瘦西湖畔草芊芊，三十年前认旧缘。
此日重来更留恋，不同时代绿杨天。

楼台两岸各争高，万绿丛丛一望遥。

无限东风吹面暖，人文已换广陵潮。

四郊犹见百花开，待我春光尚未回。

不负梅花岭上路，写生喜共士青来。

自注：

丁老喜画梅花。

小金山上看芜城，杨柳烟波处处青。

二十四桥昨夜月，笑随时代看潮生。

沿流缓步几回停，岸有青松水有萍。
自是春风偏爱客，一船吹透老人星。

携儿名地暂勾留，水竹风开绿映楼。
有客同来应笑我，瘦西湖上瘦人游。
自注：
是日，荇若女同游。

半岭梅花史阁部，千秋辞赋鲍参军。
地因人重风流在，犹觉扬州占二分。

邗江江水碧如油，四月乡村麦正秋。
毕竟今年游兴好，徐州才罢又扬州。

平山堂偕荇若、秋水闲眺二首

劫历沙虫事已非，平山堂外日初微。
同来儿女时相问，谁是当年鲍令晖？

自注：

令晖，鲍照妹，能诗。

万瓦丛丛禾黍生，微尘起灭认芜城。
祠前无限孤臣血，十日扬州记尚清。

瘦西湖晚归二首

秋来衰柳尚婆娑，冷透西风卷尽波。
最是瘦西湖畔月，也随青女斗嫦娥。

枫林红透艳阳天，如此风光又一年。
太息小金山上佛，钟声打破五更禅。

平山堂三首

因缘此日喜同参，花木精神尚未残。
几度平山堂外看，隔江青送六朝山。

江北江南处处田，迷离万灶起炊烟。
夕阳自爱偷闲好，来赏人间第五泉。

天宝高僧一鉴真，不辞五渡到东瀛。
大乘起信交流日，赢得宗门万世名。

易君左（1899—1972）

湖南汉寿人。一九四九年由大陆去台湾。游历甚广，著作颇丰。

瓜洲口占

瓜洲渡口小盘桓，白日江心瑟瑟寒。
尚有古诗风味在，渔舟三四柳弯弯。

梅花岭歌

梅花岭下埋忠骨，梅花岭上唯痛哭。
壮士头颅烈士心，梅花片片飞香雾。
国亡家破哪有身？男儿立志扫胡尘。
飞来香雾都成雪，寻入梅花不见人。
斯人已足垂千古，梅花纷纷落如雨。
独登岭上吊梅花，今日谁人史阁部？
绿杨城郭是扬州，淘尽兴亡古渡头。
唯有梅花照明月，天南哀角几时休？

张大千（1899—1983）

四川内江人。著名国画大师。诗文、书法及篆刻无不精妙。一九四八年迁居香港，后旅居多国。一九七八年从美国迁居台北。

维扬小景

不胜异代兴亡感，休说当年帝子游。
西子西湖都瘦了，二分明月照人愁。

张曙生（1900—1969）

原名张世俊，号树声，江苏扬州人。教师。曾任督学。著有《爽斋诗文集》等。

竹枝词　夏日游瘦西湖六首选四

小金山下景偏娆，一路迢迢品玉箫。
水碧峰青天一色，画船来往五亭桥。
兴来携手上风亭，四顾湖山放浪吟。

莲塔巍峨斜对峙，小舟荡漾碧波心。
拾级平山踏翠巅，寻来曲径汲清泉。
庐陵祠宇巍然在，余韵流风仰昔贤。
西园游罢又徐园，望月桥边水接天。
遥指夕阳归去路，绿杨村里起炊烟。

龙榆生（1902—1966）

名沐勋，晚年以字行，号忍寒。出生于江西万载，曾任多所大学教授。当代词学大师。著有《中国韵文史》《词曲概论》《唐宋词格律》《词学十讲》《忍寒诗词歌词集》等书，并有《东坡乐府笺》《唐宋名家词选》《近三百年名家词选》等整理、编选作品。

减字木兰花 扬州香影廊题壁

青溪北郭，如此波光殊不恶。三过扬州，薄幸何曾一梦留。桥边红药，犹自向人开灼灼。替却箫声，十里垂杨百啭莺。

苏步青（1902—2003）

浙江平阳人。我国著名的数学家和教育家，中科院院士。全国人民代表大会教育科学文化卫生委员会副主任。复旦大学名誉校长。

访平山堂

爱瘦西湖淡淡妆，五亭桥畔尽斜阳。
诸山都已江南立，何又驱令平此堂。

赵朴初（1907—2000）

安徽太湖人。当代著名诗人、佛学家，政协全国委员会副主席，中国佛教协会会长。著有《滴水集》《片石集》等。

访隋炀帝墓

荒阡断碣认雷塘，终取芜城作帝乡。
欲觅暮鸦无一点，可能四面种垂杨？

李圣和（1908—2001）

女，原名惠，别号印沧老人，江苏扬州人，有诗书画『三绝』之称。著有《李圣和诗书画集》。

琼花写照

萤苑迷楼已化烟，蕃釐古迹尚依然。
琼花真相无人识，仿佛犹存聚八仙。

春日赴个园

廿四番风染翠微，陌头柳色渐芳菲。
抱孙新笋丛丛出，结子夭桃片片飞。
久病自怜孤美景，轻寒未许换罗衣。
今年好带看花眼，莫放春光悄悄归。

邓拓（1912—1966）

原名邓子健、邓云特，福建福州人。著名新闻工作者、历史学家、诗人、杂文作家。著有《邓拓散文》《邓拓文集》《邓拓诗词选》等。

题史可法祠墓

烽火扬州创痛深，千秋死节壮军心。
生刍一束梅花岭，莫洒英雄泪满襟。

启功（1912—2005）

字元白，北京人，满族。当代著名诗人、书法家，北京师范大学教授，中国书法家协会主席，全国政协常委。著有《红楼梦注释》《古代字体论稿》《诗文声律论稿》等。

一九八一年秋南行经扬州得句

岿然歌吹古扬州，千载英贤胜迹留。
劫火弥天烧未尽，绿杨丝外夕阳楼。

古木兰院

廿年诗句碧纱笼，多谢阇梨饭后钟。
遥望木兰遗迹在，凄凉孤塔夕阳中。

南行杂诗

饭后钟声壁上纱，院中开谢木兰花。
诗人啼笑皆非处，残塔欹危日影斜。

戈宝权（1913—2000）

江苏东台人。著名外国文学研究家、翻译家，苏联文学专家。

游扬州

江左峰峦眼底收，五亭桥畔小逗留。
桃花坞接隋堤柳，旧雨新交喜共游。

黄假我（1916—1985）

原名黄政良，湖南宁乡人。解放后长期执教于中学。有《心影集》付梓，现已不存。

扬州瘦西湖杂咏

青溪几曲柳成行，两岸人家柳底藏。
檐角钓徒无一语，闲看画舫去来忙。

梅花岭谒史公祠

昔闻梅花岭，想像梅花万树岭高耸。
今日来游得见之，梅如棫棘岭如埤。
岭兮梅兮焉足取，中有碧血溅此土。
过客停车低首驰，献花争拜史公祠。
祠龛遗像犹如昔，清癯沉毅见风格。
可怜当日守扬州，壮心义忿何能休。
国破城亡身与共，临难方识书生用。
二分明月夜光寒，多情长照汉衣冠。

吁嗟乎！
衣冠之思吊未已，重看旧局翻新纪。
冢边胡马逐归胡，史公纵死原不死。

胡绳（1918—2000）

历史学家。原名项志逖，祖籍浙江钱塘，出生于江苏苏州。曾任中共中央党史研究室主任、中国社会科学院院长、《红旗》杂志副总编辑。

扬州瘦西湖二首

曾冲烽火入扬州，木折花残水漫流。
又到江头看红药，游人知否昔年愁。

桥畔垂杨桥上亭，波光潋滟傍船明。
一湖春水平如镜，燕瘦何妨倍有情。

周汝昌（1918—2012）

字禹言，天津咸水沽镇人。中国著名红学家、古典文学研究家、诗人、书法家。代表作有《红楼梦新证》《曹雪芹传》《石头记会真》等。

白下江波接广陵

西山秋冷自看承，白下江波接广陵。
家世百年囚系槛，才华八斗月传灯。

悲欢分向情根堕，精彩长从砚底升。
剩买霜丝绣君像，春蚕谁为剥千层。

何竹平（1921— ）

广东顺德人。香港知名诗人，愉社、鸿社社员，曾主编《顺德艺文集》。

扬州

春风十里近花朝，先见霜林瘦影飘。
桐树经寒曾耐久，琼枝吐艳已非遥。
开樽同醉二分月，问路犹知廿四桥。
如此江山如可待，何妨异世作渔樵。

李进（1922—2002）

江苏泰州人。原名李硕诚，当代作家。曾任《雨花》杂志主编。

忆扬州

歌吹已换昔时箫，明月难寻廿四桥。
白塔犹存疑北海，绿杨依旧拂西郊。
瘦长碧水天然秀，小巧金山别样娇。
我忆扬州夸特色，五亭风景古城标。

潘新安（1922— ）

广东南海人。诗人，香港愉社社长。

扬州作

半日维扬客，笙歌未得闻。
一钩悬岭月，几片渡江云。
地胜来稽古，时清喜重文。
乡音南北异，和气自氤氲。

李秋水（1923—2019）

出生于安徽和县。扬州书画艺术家。号半村，又号濠上人、南濠老农。

小金山

小金山外路，来趁嫩晴天。
风簸鸟声碎，林筛日影圆。
湖云蓝近水，岸草暖生烟。
倦依松根石，沙鸥相对眠。

访朱自清先生故居二首

数树梅花绕故居，凛然风骨见清癯。
二分明月多情在，曾照先生此读书。

憔悴京华几度春，青毡坐破耐清贫。
雕栏红紫知多少，不及荷塘月色新。

夏云璧（1925—2008）

女，江苏海安人。扬州师范学院副教授。《汉语大词典》编委，与章石承合著《藕香馆词》。

第五泉

人说东西第五泉，一真一假证唐钱。
园中有水皆清冽，假假真真岂信然。

李家寅（1926— ）

江苏扬州人。曾在铁道部铁道科学研究院任职，出版《名城扬州纪略》一书。

秋游茱萸湾

碧波三面茱萸岛，浪激飞舟去复还。
一座孤亭鸟声噪，野花秋草水潺潺。

俞律（1928— ）

生于扬州。曾任南京市作协副主席、秘书长。江南诗画院院长、江苏省文史研究馆馆员。著有《湖边集》《浮生百记》《苦丁斋笔记》《菊味轩诗钞》等。

与亦同、羽闲游扬州何园

维扬多名园，轻车同命驾。
名园乐春秋，何园独宜夏。

古树隔朱炎，密叶阻千罅。
池塘清且漪，粉荷妙娇姹。
蝉声午逾噪，噪极乃静也。
坐此清凉境，更喜酒可贳。
醉入小南柯，梦断百年夜。
朱户半掩云，风与月俱下。
疑是青娥来，一笑粲万瓦。
安得知音人，丹青露下写。
同来二三子，一一俱在野。
世事固难为，万念今可卸。

红尘网中囚，今也逢大赦。
但问少微星，揭来何处借。

沈鹏（1931—2023）

江苏江阴人。著名书法家、美术评论家、诗人。中国书协前主席。著有《三余吟草》《三余续吟》。

扬州瘦西湖泛舟

溶溶漾漾绿无涯，影入平湖弄薄纱。
卧看岸前桃柳韵，会心三月有烟花。

蔡景康（1934—）

号诚轩，广东广州人。曾任广州荔苑诗社社长，退休前在阳山县办公室工作。

瘦西湖

瘦入西湖兴更饶，绿波回荡画船招。
望春楼外春如海，杨柳东风廿四桥。

上扬州

万贯非吾辈，相投共寄闲。
画书尊八怪，文酒仰平山。
辇道谁还识，隋堤柳未残。
烟花三月路，诗思满江关。

刘存南（1934—）

江苏扬州人。绿杨诗社社员，从事中学教育四十年。

寄啸山庄

山庄称寄啸，枕藉运河湄。
明月二分照，春风十里吹。
园居清景异，艺赏宝图奇。
浩荡洪流里，香船泊未迟。

何园贴壁山

锦洞门开敞，屏风石壁莹。
接风余爽籁，近月得幽明。
贴壁山峦秀，乘桴海浪清。
游鱼时可现，到此意常平。

注：

接风、近月，是贴壁山附近的两座亭名。

夏伯钧（1935—2018）

江苏扬州人。曾任扬州市广陵区人大常委会副主任，广陵区绿杨诗社副社长。

广陵秋题

秋到重阳气自澄，桂香菊蕊一何兴。
登高时作悠然望，绿影西风满广陵。

张贞忠（1936— ）

江苏扬州人。扬州中学退休教师，曾任扬州诗词协会副会长。

平山堂

深浅高低一望中，此山风物与谁同。
谷林堂接欧阳院，八代文宗万世雄。

隋炀帝陵

身后是非存史籍，千秋功过在人心。
北郊陵寝长荒寂，变古还须细探寻。

街南书屋

笳声未起善藏书，华屋街南比石渠。
红药七峰还漏月，玲珑馆小亦宜居。

明月湖

涂山抹水家常事，掘地开天突起波。
一纪弥多传禹业，两轮明月共婆娑。

蜀冈西峰

亭台散落密林中，风景清幽何处逢。
一自王孙归去后，玉钩千古吊西峰。

傍花村

娟秀清纯皆可意，薜萝周匝傍黄花。
餐英啜露神仙事，糊口元同种瓠瓜。

高旻寺

重楼叠阁一丛林，悟道参禅岁月深。
高塔欲伸天际外，宗风播散净尘心。

朱福烓（1937— ）

江苏扬州人。扬州文史专家，中国书法家协会会员，曾任扬州书协主席。

中秋泛月瘦西湖

秋水长天共一波，莲花桥下漾船过。
二分明月千年好，今夜清光得更多。

初春瘦西湖长堤漫步

稚柳临风蘸水涯，新桃犹有未开花。
漫依浅草隋堤远，一样青春赏岁华。

朱士举（1939— ）

江苏涟水人。著有诗集《闲云吟稿》。

扬州观音山怀古

隋宫萤苑忆从头，殿宇依山景物幽。
青瓦红墙蔽风雨，鉴楼顾影说春秋。

吴献中（1941— ）

江苏扬州人。曾任扬州市人大常委会副秘书长。扬州诗词协会副会长。

文昌中路唐代银杏

鸭蹼虬枝郁郁葱，春华秋实未龙钟。
分身一片风雷劫，甘做凌霄不老公。

注：

千年银杏遭雷击，劈下一块移至小金山与凌霄花配成『枯木逢春』一景。

王庆农（1942— ）

江苏泰州人。泰州市姜堰区诗词协会副主席。

五亭桥

谁掷梅花落九霄？倏然化作五亭桥。
满湖香气清凝肺，千柳风姿瘦作腰。
影拂扁舟鱼欲啄，声闻远笛鹤来邀。
波光点点萦诗句，难写维扬春色娇。

熊百之（1943— ）

江苏靖江人。著名书法家，中国书法家协会会员。有《樨影山房吟草》行世。

瘦西湖四时

春游

碧波湖上柳丝风，红药桥边暖气融。
偏向游人稀处去，鹂声可在曲廊东？

夏泛

行云流水触舟分，歌在藕香深处闻。
好是半湖红不定，五亭桥影锁斜曛。

秋问

长堤隔断市声哗，水榭云亭信步斜。
二十四桥回望处，月痕箫韵在谁家？

冬吟

飞雪初停冷寂中，行吟犹有探梅翁。

无人更起柳州兴，会向寒湖倚钓篷。

个园

咫尺偏含大千势，四时山色认阴晴。
声从水竹风前发，人在壶天影里清。

湖晚观荷

波光磨洗二分月，亭角消融一缕霞。

桥畔无人吹玉笛，我来闲看满湖花。

何园

人言叠石留孤本，我忆清湘迴不群。
偶至山庄寄啸傲，莫教此地少松云。

平山秋色

红黄深浅色，碧树染霜时。

寺外秋光溢，篱边菊影知。
风敲修竹韵，山读夕阳诗。
归鸟噪声寂，溪头待月迟。

纪宝成（1944— ）

江苏扬州人。曾任中国人民大学校长、教授、博士生导师。著有诗词集《岁月诗痕》《乐斋词》等。

凭吊炀帝陵二〇〇七年五月十八日夜于扬州—北京列车途中

雷塘寂寞荒堆土，千古骂名长叹中。
设若中庸天下事，武功文治几人同？

扬州个园

个园个性个中魁，慧眼奇思妙境开。
石笋尖尖春意漾，池山透透夏凉来。
秋光浓烈黄岩染，冬景依稀白石胎。
四季风光皆石就，精工巧配等闲材。

忆江南　扬州钓鱼台

长堤尽，碧水绕方亭。月亮洞开含远秀，绿杨环抱掩轻盈。最是好心情。

浪淘沙 清明拜史公祠

御敌万千重，气贯长虹。危城力战尽孤忠。满邑军民同赴死，万代悲风。

壮烈史无同，千古英雄。如今柳绿又桃红。历史烟云挥不去，忘了春风。

蝶恋花　中秋节夜舟瘦西湖

九月三十日中秋节夜，皓月当空，我们与姐姐纪宝龙两家人共同泛舟瘦西湖，其乐无穷。

飞镜金轮谁确切？浩浩清辉，万里俱澄澈。画舫轻移穿皎洁，瘦西湖上盈盈悦。　应是杜郎桥上月，更有坡公，把酒中秋节。无限亲情心自阔，亭台柳影和圆缺。

念奴娇　梦回扬州

夜来思远，又幽梦，邗上清明时节。柳绿桃红欺碧水，一棹轻舟怡悦。楼榭亭台，塔桥山石，曲岸玲珑迭。秀城精致，赏心天下奇绝。

自古名胜繁华，文昌业茂，曾九州扬一。不朽运河通五水，多少神州年月！芍药琼花，箫声月色，千古离人别。披衣南眺，倚窗无语凝咽。

邓世广（1946— ）

辽宁阜新人。曾任新疆中医学院图书馆馆长，中医诊断学及医古文教授。新疆诗词学会副会长。主编《当代西域诗词选》（戊子版）。

瘦西湖畔看紫薇

悦目繁花湖畔栽，幽馨飘过钓鱼台。
同根未必同颜色，姹紫嫣红一树开。

扬州个园

聊从半竹识斯文，劲节虚怀弥可珍。
清雅无尘真自在，此园终未属庸人。

丁小玲（1947— ）

女，浙江嵊州人。镇江市诗词楹联协会副会长，多景诗社副社长，《多景诗词》执行主编。有《半丁集》。

平山堂二首

六一堂前客谒勤，苏髯来后翠流新。
清风小阁明如月，不许诗人说瘦贫。
岚光拱揖直堪扶，月过维扬梦也殊。

三老[1]文章三泰斗，堂前客到敢平乎？

注：

①三老：欧阳修、王安石、苏东坡。

廿四桥二首

难销唐恨更隋愁，水拍氤氲欲上楼。
廿四桥头花亦倦，向人一例懒抬头。

廿四由来属杜郎，风荷摇曳说幺娘。

澹星初月画难足，逗雨忽来三两行。

红桥二首

柳拂春云水拍陂，零篇剩墨起相思。
红桥原是行吟地，几个真知小杜诗。

茅茨水榭总萧萧，梦锁芒萝烟锁桥。
人影衣香知去远，临流犹问小红箫。

吹台

高台谁复吹歌来，瘦尽诗心着尽埃。
眼底乾坤总颠倒，杜郎诗笔直堪埋。

五亭桥月

香屑飞廊点点金，流霜空里到衣襟。
瘦西湖上几明月？谁更桥穹深处寻。

山水

山水堪医百创身，多情来作倚亭人。
寻常莫作伤春咏，恐又飘潇如梦湮。

朱自清故居

竹影掩门青上衣，维扬未到意先迷。
儿家生小便无父，背影教人思欲啼。

史公祠

二分明月故臣心，千点梅花梦久寻。
枕水楼台尽流玉，闭门草木也森森。

茱萸湾

帆痕鹭影过潺潺，阵雁鸣空去不还。
望断天涯头渐白，茱萸花又满前湾。

长堤

云影荷裳动晓星，鬖鬖垂柳在空明。
子规知比画船急，关注元元是此声。

王兆根（1947— ）

江苏扬州人。曾任扬州市诗词协会副秘书长。著有《河边诗草》《诗路快乐吟》等。

何园水心亭

湖光山色小方壶，玉立芳亭水上浮。
轻拨琵琶吟曲子，风情万种美人图。

蕃釐观

蕃釐观里旧时光，多少游人会此堂。
一树团圞招彩蝶，满池春水月生香。

小秦淮人家

春到秦淮柳发芽，酒楼茶肆夕阳斜。
粉墙黛瓦虹桥影，燕子新巢百姓家。

卞雪松（1949—2005）

扬州人，书法家、诗人。中国书法家协会会员、沧浪书社社员。著有《卞雪松诗词集》。

木兰院即事

石塔夕阳斜，何人笼碧纱。
划将松与柏，来种木兰花。

平山堂秋暮

栖灵遗址仙人馆，特上高堂谒醉翁。
弹指难醒千古梦，隔江犹望六朝峰。
绿杨摇曳留斜照，青霭沉迷惊晚钟。
香客已归鸟声息，松林独步听秋风。

个园

子猷不爱钱，商贾偏爱竹。

名园取一半，其意富不俗。
雨润石笋起，曲径藓苔绿。
水榭荷风香，槐荫坐坦腹。
登高住秋阁，遥望雪如玉。
四时一院笼，天工几可夺。
愿为守园人，晨昏得自足。

熊东遨（1949— ）

又名周梦熊，字日初，号楚愚，湖南宁乡人。《中华诗词》编委，湖南诗词协会副会长。著有《诗词曲联入门》《诗词医案拾例》《画眉深浅》《我选百家诗词漫评》等二十余种。

瘦西湖留别

难觅当年廿四桥，西湖依旧瘦多娇。
繁花醉雨红燃火，野草梳风绿涌潮。

月抱二分观斗酒，舟横一叶听吹箫。
明朝别却维扬去，前路凭谁慰寂寥？

毛新仁（1949— ）

江苏扬州人，现居上海。著有《青隐山夜话集》《江渚夜语集》等。

捣练子　维扬春游选三首

芳草碧，海棠红。柳下闲情一钓翁。不解古城春几许？路人遥指问苍穹。

风习习，草茵茵。客宿扬州柳色新。

不解故乡明月夜，只羞吾是广陵人。

淮左岸，白云闲。十里春风染绿鬟。

若问古城佳境处，五亭桥上不胜仙。

于文政（1951— ）

祖籍南京，现居沈阳。沈阳文史馆研究员。

雨中过润扬大桥

京口梯航渡，维扬沐雨来。
山围诸郡聚，天阔大江开。
万舳浮龙气，千车走蜃雷。
干戈无限事，低首意徘徊。

李振华（1951—）

江苏张家港人。教育工作者，张家港明社社长。

扬州瘦西湖

花柳长堤共一程，忘劳不觉暮烟生。
衣香人影红桥禊，冷月波心白石声。
张翼文鸳寻失侣，举头秾李起幽情。
还思谁比西湖瘦，苇荻几枝风里横。

张贻柏（1951— ）

江苏泰州人。退休教师。

游瘦西湖

维扬三月梦，一握楚宫腰。
白塔凌云碧，莲花抱柳娇。
堤明香似织，舟漾煦如潮。
小坐鱼台上，悠然钓舜尧。

徐润群（1952— ）

扬州江都人。曾在江都区质检所工作。

月下瘦西湖

云影湖光景物幽，春台小曲忆难收。
二分明月波心冷，十里长堤桂子秋。
一角金山添幻境，四桥烟雨自酣游。
船娘橹韵声中远，水调莲花意未休。

陈仁德（1952—）

重庆市忠县人。重庆诗词学会副会长，出版《陈仁德诗词钞》《云气轩吟稿》等。

雨中游扬州瘦西湖

琼花落尽柳丝长，湖上风生气转凉。
二十四桥烟雨里，画船出没水中央。

扬州

摩肩接踵步难移，游客多于杨柳枝。
或有风光藏里巷，已非杜牧赏春时。

自注：

时值五一长假，游人如蚁。

曹永森（1953— ）

江苏扬州人。曾任扬州市文联主席，扬州诗词协会常务副会长。

玉钩井

园东古井不知年，闻说深心有洞天。
勺水烹茶寻自在，花间待月小神仙。

雨夜访梅庐即兴

新园小筑访徐家，静雅清幽客共夸。
抚罢溪山秋月曲，倚窗听雨赋梅花。

段晓华（1954— ）

女，字翘芝，号颖庐，江西萍乡人。南昌大学教授，兼任江西省高校古籍整理研究委员会副主任。著有《禅诗二百首》《陆游诗歌赏析》《中国历代词学论著选》等。

忆秦娥　扬州蕃釐观琼花

秋犹薄，坛心碧树寻残萼。寻残萼，琼冰未涣，可怜尘浊。　人间尤物根难着，梦中天水花如昨。花如昨，犹然一罄，被伊惊觉。

朝中措 登平山堂

拾阶依旧诸山青，遥赴画阑平。一代文宗归去，流风时动心旌。恍闻弹指，紫薇飘雨，满地芳馨。多少求香热客，屐痕不到中庭。

孙成（1955— ）

江苏扬州人。从事企业工会工作。

武陵春 古韵茱萸湾

千里运河传古韵，碧水绕湾头。烟雨江南岁月稠，骑鹤上扬州。

待得重阳茱萸插，无处不金秋。青石长街老宅幽，乡曲醉心柔。

刘水（1956— ）

女，笔名金子，山东郯城人。扬州市作家协会副主席，绿杨诗社副社长。著有《扬州美女》《千秋家园梦》《水蕴扬州》等。

月观流霜

闲看月来霜满地，静听云起一天山。
四桥烟雨三春景，应作人间如是观。

浣溪沙　古巷迎曦

曦照圈门溢紫霞，双东列阵走龙蛇。老街深锁日繁华。

松竹绿荫豪贾苑，廛庐红火市人家。买花声里土风赊。

吴进荣（1956— ）

江苏扬州人。曾从事企业行政管理工作。著有《沐燚轩诗词集》。

杨柳枝　东关古渡

蹊曲坊高翰墨飞，舫行鱼悦片云低。
莫言古水多陈迹，曲雅桃香不思归。

唐多令　游萃园

湖石映清池，藤萝着绿衣。曲桥幽，瑶境谁移。
老屋摩云摇草色，小山影、傍风时。　揽翠
一壶滋，听琴几曲迟。稚童声，趣味何其。更
得木樨香浸发，斜阳里、莫忘机。

虞美人　蜀冈寻春偶得

南坡玉砌连茅屋，溪畔摇修竹。篱边黄蜡坠残

英，难忘当时品格、自神清。　飞琼裹挟严冬去，直看青颜住。访春随意醉红梅，野鹊几回绕树、不思归。

临江仙　白塔晴云

高塔天垂紫气，流云水坠鳞光。莲花桥畔白绫装，碧湖思点缀，琼宇看苍茫。　金色携来涂顶，青葱相护留芳。争知秋序似将藏，寒风凋落叶，孤笛伴归航。

看花回 游蜀冈梅林

漫步山蹊鬓发香，尘俗皆忘。笼来千点梅花色，正浸衣、亮眼春阳。林间蜂乱舞，欲醉芬芳。

偶见娥眉玉指长，执手檀郎。始知庄蝶非言梦，者和风、正入酒觞。住眸生妒未，天教成双。

踏莎行 暮春游影园偶得

柳絮浮空，桃花飞雨，东风欲嫁成春暮。只看燕子几穿梭，虹桥沉水浑如故。三影①何寻，一仙②长住，草堂旧迹青苔路。暑寒四百等闲过，当年绮梦留斯处。

注：

①三影：明末影园遗址，指柳影、水影、山影。

②一仙：指荷花池水中央石雕荷花仙子。

水龙吟　庚子初冬过宋夹城偶得

虹桥坠影霜风皱，琪岸荻花藏迹。穿枯栈道，飞黄病柳，荷田狼藉。驻足湖边，野凫欲下，游鱼难及。望天水相接，两三白点，臂挥速，争朝夕。

一路草衰如织，这初冬、复留标识。千年遗址，流光漫染，几多骚客。枫叶红丹，公孙金甲，饱尝秋实。更青霄化纸，涟漪研墨，执栖灵笔。

张庆（1959—）

江苏扬州人。从事企业管理工作。江苏省作协会员。

与仁永法师巡游平山西花园

喜看初冬柳色曛，亭台掩映荡波纹。
万松已忘洒碧院，一涧还当浣紫裙。
人影萧萧临石壁，鱼虫缓缓逐流云。
问君何处逍遥觅，泉跌淙鸣众鸟欣。

史公祠拜谒

岭畔檐前况味中，树高依旧指长空。
城头已破襟怀烈，巷尾犹存壮志雄。
数点梅花明晚节，一枝斑竹沐春风。
我寻旧迹今逢雨，巉石迷蒙隐古桐。

荷花池梓翁亭

冬日荷池胜景添，梓翁眷恋古城檐。

方知斧凿椽廊续，亦允操刀石壁兼。
博古轶卷还玉色，通今例举卷珠帘。
等身妙著园林事，沐手翻篇且作钤。

文峰古运河碑

亭外河边为备船，鉴真东渡志弥坚。
千层细浪迂回地，万里浓云变幻天。
白鹭惊飞尘世梦，黄袈纾解古今缘。
菩提树下《金刚》诵，宏愿皴披续刻镌。

江城子 古城一瞥

西湖虽瘦有群芳，万花妆，钓台长。柳飞十里，曲水划回廊。白塔五亭依暮色，千万点，闪流光。

江城子 访梅庐有寄

巷深有此美伦庐。腊梅疏，古琴纾。芭蕉池浅，萍绿戏红鱼。窗透几重声切切，花影弄，有人居。

布风华（1960— ）

女，曾任职于山东省阳谷县。现为中华诗词学会理事、山东诗词学会副会长。著有诗词集《岁月如歌》。

二十四桥

月华如水泻楼台，菡萏风吹夜色开。
二十四桥仙子影，箫声穿过大唐来。

听鹂馆

细雨长堤杨柳青，桃花灼灼对新晴。
江南最是春光早，莺语一帘和醉听。

观芍亭

熏风晓露美人胎，水色霞光映紫腮。
自古诗人多雅趣，便将红晕漫天栽。

个园竹

不蔓不枝凌暑寒，虚怀容得事千般。
暗将心愿轻轻许，此世修成竹一竿。

浣溪沙　五亭桥

瘦瘦西湖何处娆，娉婷玉女五亭桥。生烟碧水小荷摇。
最是年年秋节夜，可怜孔孔月轮宵。酒樽诗韵过兰桡。

李兴旺（1963— ）

湖南岳阳人。从事过教育、媒体与企业管理行业。出版有《楚家冲吟钞》。

古运河

石栏新砌青砖旧，认迹前朝看未多。
柳老长堤千里钓，鸟栖高树一秋歌。
几人萧索西风埠，百代空无夕照波。
此水曾经关社稷，烟花商贾两婆娑。

水调歌头 瘦西湖绮思

十载一春觉，绮梦系扬州。烟花三月堪拟，明月满湖秋。长记吹箫伊在，声若霜风萧瑟，水瘦蓼寒幽。波起五亭下，影落月沉浮。春风笔，伊人意，恨难酬。亦曾桥畔牵手，共荡小兰舟。白塔香烟犹盛，亭榭栏干拍遍，旧地只空留。怅望海陵路，不到楚江头。

练庆海（1963— ）

江苏扬州人。镇政府公务员。

东关街

黛瓦青砖色，唐风意不穷。
蜿蜒诗遍地，遗落仄平中。

冬游万花园

潇潇寒气里，薄薄着花衣。
都说香茎瘦，春风一夜肥。

五亭桥

亭桥瘦水生，倒影更清盈。
桨动莲花皱，船离复熨平。

吴国水（1963— ）

北京人。书法家，《诗词界》编委。

戊子二月十六日过扬州

久慕玲珑廿四桥，今朝信步觅吹箫。
偕游每觉花香远，劝饮时闻鸟语娇。
几处名园窥旧梦，一湖瘦水看春潮。
夜来却问天边月，千载何曾有寂寥。

顾康华（1964— ）

江苏南通人。居扬州，从事建筑设计装潢工作。

花上月令　荷花池之秋

西风吹皱一池幽，水微绿，似藏羞。花放时节红天下，任淹留。花雅致，叶温柔。

荷影渐残香已散，蝉语杳，鸟鸣休。去时觉悟来时道，怎无由。秋进站，夏回眸。

临江仙　何园

岁月何曾能静好，忙于大浪淘沙。慢云耕砚好传家，月虚浮幻影，石叠镜中花。　极限风光留不住，青砖隔断芳华。无情勾勒出生涯，陪春人觉悟，读懂夕阳斜。

瑞鹤仙　游北湖湿地公园

又留连到晚。无限景，却又无暇细看。冬来染秋面。绿微黄，堤岸蒹葭轻唤。些些腼腆。水中廊，清波渡远。叹孤巢冷影，多少情怀，皆为梦幻。

独倚亭边小憩，一缕清风，绕行湖岸，随柳往返。冬风笔，北湖砚。蘸流云，勾勒宜居山水，归意惊醒梦断。有烟云过眼。听得一声暗叹。

李静凤（1964—）

女，字羽闲，别署青凤、散花精舍主人。生于扬州，南京人。现为中华诗词学会常务理事、江苏省诗词协会常务理事。著有《散花集》等。

个园

我生扬州人，最爱扬州竹。
竿清叶自腴，合绕东坡屋。
园成以个名，书就倩谁读。

池角晴光多，山中风雨速。
高迴依四时，翠袖非茕独。
轻轺下白云，人在栏杆曲。
一念但系心，万物适为仆。

随侍俞律、亦同二师应扬州杜海先生邀同游并敬次俞师原韵

何园芳草深，宜随赤松驾。
舫室地作波，阴阴忽忘夏。

蹑屐半空中，回窥朱廊罅。
不见贤主人，坐听丝竹姹。
一亭水中央，衣冠今古也。
觍面有团荷，风清不用贳。
忽怜片石幽，瑶天水云夜。
掬月犹在波，弄水素娥下。
空冷无所依，作作霜飞瓦。
中有古吟魂，唾毫对客写。
昨买秣陵舟，今泊广陵界。
乡思固可图，一肩任难卸。

将欲把芙蓉，玉京请天赦。
银河路虽赊，昆仑尚可借。

邵伯

芦柴未作花，天边多湖水。
脱网羡罟鱼，伴鸥身暂寄。
雪犁浪千翻，小艇烟波里。
飘然将何之，甘棠一叶是。
斗野千余春，灵风树上起。

魏晋足风流，茫然古今事。
空遗邵伯湖，斯人长已矣。
俚曲动乡情，秧歌脆入耳。
因之感逝波，凌风数行泪。

注：

在江都邵伯湖泛快艇。邵伯古称『甘棠』，有七百多年树龄的甘棠树，枝叶无风自动。为纪念谢安筑堤功伟，植甘棠比作周代召伯。少时所喜《拔根芦柴花》《撒趟子撩在外》等皆邵伯民歌。

王婉丽（1964— ）

女，江苏徐州人。徐州诗词协会副秘书长，《徐州诗词》编辑。

忆王孙　咏扬州九首选六

春到蜀冈

谁言江水绿如蓝，正是蜀冈三月三。坡上风柔嫩草纤。柳垂帘，欲掩桃枝着粉衫。

五亭秋色

风和云淡五亭秋，瘦水澄明碧芰稠。岸柳含烟景色幽。绿如绸，画幅屏中荡小舟。

题瘦西湖船娘

瘦湖碧水泛澄光，映出娇容秀发长。一袭青花蓝布裳。俏船娘，漫棹轻舟绕画廊。

古巷情怀

青砖青石忆幽深，蔽日高墙显肃森，疏密苍苔润足音。故园寻，旧迹钩沉游子心。

五亭烟雨

江南三月雨绵绵，瘦水斟醪柳拨弦。隐隐亭桥薄雾间。碧桃妍，醉饮春光不计年。

轻纱笼凫庄

澄波潋滟瘦西湖，汀上楼台卧野凫。烟雨笼纱淡若无。展春图，醉引风光到玉壶。

张力夫（1964— ）

本名志勇，号畏临轩主人，祖籍河北滦南，生于北京。曾任职于《中华诗词》杂志社。

扫花游 扬州个园

小园聚石，作涧谷深幽，笋峰超颖。四时幻景。正轩开旷逸，柏横苍劲。几度芜城，漫想谁曾问鼎。翠筠径。有燕客莫名，天意高迥。觞尽、清昼永。践雪霁风邀，洞虚烟请。旧题试咏。借鸾箫遣入，玉人心境。伫立池台，恍若惊鸿照影。醉初醒。倚黄昏、蜡梅香冷。

沈秀东（1965— ）

女，江苏泰州姜堰人。中学教师。

扬州游史可法纪念馆见斑竹泪呈红色有作

湘竹千竿馆内栽，深红点点费疑猜。
何由泪渍化成血？恸哭扬州十日哀。

扬州游何园

倚墙峰叠嶂，寄啸在山庄。
路断随云隐，廊回抱水长。
半池衔月魄，一镜摄花香。
何处寻家主？森森古木苍。

眭谦（1966— ）

字卬落，号由枅斋主人，网名伯昏子，江苏镇江人。出版作品有《由枅斋吟稿》、译作《莪默绝句集译笺》（《鲁拜集》）等。

过扬州

廿载亭桥忆尚焚，青春供烬怅携分。
辞乡枕上多花落，问渡江头每日曛。

血火曾销金若土，烟霏又藉雨成雯。
今宵苦照扬州梦，依旧蟾飞一片云。

李学武（1966— ）

教师，双辽市诗词学会会员。

减字木兰花　夜过扬州

多年心愿，不为秦淮笙曲岸。画里西湖，闲钓鲈鱼酒一壶。

满腔期盼，急速车轮摧梦断。星也朦胧，十里维扬夜色中。

邵鹤庭（1966— ）

江苏扬州人。建筑工程师，扬州市江都区诗词协会主席。

绝句二首　游小盘谷

临池倚壁看无奇，势破空中出九狮。
会有惊鸿来照水，凌波仙子可相期。

郁郁枇杷向冷陂，春深盘谷几花枝。

清泉明月人长在，从翠流云化作诗。

凤凰岛

涉此长洲半日留，花坊移影晚悠悠。
修林无觅凤凰迹，古渡偏升汽笛愁。
老者惊心因岁减，蒙童发足羡时遒。
来年若是圆归梦，长得春江泛钓舟。

个园

瑶草筇枝遍绿隈，东关为看上高台。
重门次比凭开闭，彩伞熙攘各去来。
几处飞花思旧雨，何人对酒话新梅。
前清数百年间事，应若春江不再回。

武陵春　蜀冈观梅

雪落见催花信早，故地又重游。山圃春回寒未收，冰梗一池幽。天做空蒙烟雨色，人做倚阑羞。弹铗当时歌竟尤，轩翥共云流。

罗衷美（1967— ）

教师。《九州诗词》编审，船山文艺社理事。

汪氏小苑

琼花纷谢论隋炀，河运连江起巨商。
万笔书成移造化，千刀刻就夺阴阳。
年年金桂摇秋色，处处春光散玉香。
内里文华言不尽，繁楼深苑未天凉。

熊作明（1967— ）

祖籍湖北，现居扬州。扬州大学副教授，从事园艺植物保护教学研究。

雨中游瘦西湖

细雨笼三月，春光费万钱。
吹箫人不在，空老一湖烟。

游汪氏小苑梅香阵阵

小苑深深远俗尘，清风明月认前身。
解花最是寒枝鸟，岁岁啼开一院春。

瘦西湖静香书屋

枕潮竹影半雕窗，旧壁藤萝漫夕阳。
桐院书声今杳杳，松风翻落逐花香。

游阮元家庙

古巷寻幽半日奢，藤花深院旧人家。
重门不锁诗书梦，空见楼头燕子斜。

甲午寒露前日独游瘦西湖归记

金波芳甸绕隋堤，烟树归鸦趁老啼。
宜瘦美人犹未改，旧香引过小桥西。

三湾即目

落尽繁华犹未安，红黄几树点秋残。
老来心事斜阳外，满目西风带醉看。

初夏宋夹城体育公园

春去人何惜，新阴亦可怜。
羽杉初蔽日，露草正含烟。
舞扇香云起，嗡花野蝶眠。

采芦端午近，歌破水中天。

忆江南　扬州三章

客居扬州二十余载，乐不思蜀，俨然主人也。

扬州好，明月二分看。十里灯花簪碧水，一帘烟阁倚红栏。笙夜半阑珊。

扬州好，烟柳夕阳斜。雨后黄莺啼茉莉，庭前红袖剪枇杷。归梦忘天涯。

扬州好，微雨瘦西湖。双燕穿帘忙织柳，伞花开遍慢听鸪。犹忆那年初。

浣溪沙 竹西公园

三十年来梦竹西，今朝重到意迷离，鹃啼香乱草萋萋。
精舍竹窗怜日落，清池杜若欲春齐。翠荫犹湿故人衣。

减字木兰花 重游凤凰岛

四围烟翠，绿岛凌波谁失珮？风去台空，乱树鸣蝉落落风。
当年一别，空负春江多少

月。流水销魂，浣了青山浣白云。

菩萨蛮 游仁丰里古巷

寒云吹暮檐头角，流光悄在青砖驳。巷雨浥轻尘，乡愁应可温。凤巢香墨逗①，雅集堪重构②。梵唱隐繁华③，隔墙黄腊花。

注：

①凤巢指奕间工坊，可体验雕版印刷，内挂『致公凤巢』匾额。

②重构双关，实指『重构』民宿。

③仁丰里有旌忠寺。

虞美人　个园印象

小园香径千竿绿，环佩时相续。烹茶听雨此中闲，轩外竹声灯影、似当年。

关情片石凭谁解，叠个玲珑界。水天壶境自宜人，抱得四山清气、满楼春。

赵亚娟（1968— ）

女，江苏无锡人。诗作入选《近四百年五百家诗选》《二十世纪诗词文献汇编》等。

蜀冈

乱落梨花冷未收，宫人斜处起孤愁。
可怜岭上寻诗客，独向风前忆废楼。

雷塘

去日繁华一梦收，雷塘草色掩荒丘。
今谁悄立斜阳里，相与春风唤古愁。

平山堂

想见当时名士箫，传花击鼓动诗潮。
风流赢得千年后，依旧湖山鹭影招。

瘦西湖

廿四桥边舟自横，四围花气欲倾城。
等闲借取春风笔，写尽烟波亦瘦生。

浣溪沙　过扬州

柳影扶风掩画桡，迷楼不复酒帘招。岂堪追忆广陵潮。
千载浮云沉碧水，一湖瘦影隔红桥。琼花开处又闻箫。

浣溪沙　重过扬州次王渔洋韵

又踏回风向画桡，拾阶闲过水平桥。迷楼已共断烟消。

舞破琼花山寂寂，别来隋苑思迢迢。广陵诗梦落春潮。

黄芳华（1968— ）

女，江苏扬州人，现居深圳。企业职员。

捣练子　仲春游扬州瘦西湖十五首选二

杨柳绿，碧桃红，十里湖波入画中。
一曲桡歌随雾散，冶春花絮落桥东。

云燕语，树鸦啼，馆内观书榭听鹂。
锦羽池塘频探看，柳帘轻舞日垂西。

李声满（1969— ）

湖南浏阳人。现为某培训机构负责人。浏阳诗词学会理事，北辰分会会长。多次荣获诗词大赛奖项。

个园赏竹

莫问主人谁，款门先看竹。
化龙形已全，栖凤枝犹独。
风回韶乐起，日入清阴足。
千里径驱车，三月不知肉。

婵娟对此君，讽啸医我俗。
骑鹤上扬州，红尘堪踏蹩。
一身如传舍，万事随转烛。
零落自寒山，安排空华屋。
伤哉萌鄙吝，陋矣从翻覆。
槐梦今始醒，粱炊斯未熟。
倦游归去来，于焉为卜筑。
何妨写楚辞，可以瞻淇澳。
有石任琢磨，有泉任清浊。
有苔同偃仰，有禽同饮啄。

冰霜抗其节，丘壑虚其腹。
竽瑟盈其耳，琳琅寓其目。
翠袖倚天寒，跫音闻空谷。
翳然林水间，安得寻高躅？

注：
此作获纪念个园成立二百周年全国诗词大赛二等奖。

周启新（1969— ）

江苏扬州人。自由职业。

扬州城

长湖烟水郭中流，柳岸清箫逐钓舟。
一寺山光疑是梦，八仙花色不知秋。
高台来鹤云霞涌，古渡归帆日影浮。
只恐徐凝心上月，今时相对亦含羞。

菩萨蛮　小秦淮河

大明桃树前清柳，粉墙黛瓦家常酒。浣水老阿婆，小城故事多。游人桥上过，夹岸清箫和。石板映斜晖，巷深胡不归。

菩萨蛮　扬州春

小城时唱西湖瘦，烟花点点烟波皱。君若过来人，应明三月春。问春分甚月，日日旅游节。纵有落花天，春心无睡眠。

杨益安（1969— ）

江苏南京人。从事教育工作。

琼花

当年勋业荡平陈，几亩雷塘且置身。
特使此花长作警，年年寄语后来人。

片石山房

波光岚影胜林泉，叠石幽深势峭然。
虚实相生迷远客，此间只合住神仙。

二十四桥

旖旎当时共紫箫，玉人曾动广陵潮。
余音袅袅犹难绝，波月年年慰寂寥。

平山堂用秦观韵

今见淮东第一观，江南初绿尚春寒。
含烟弱水拖丝柳，喷翠远山齐玉栏。
花事满堂千古韵，文章千古满堂欢。
醉翁行处存清响，临去依依回首看。

鹧鸪天　过雷塘隋炀帝陵

满目萧萧野草黄，空陵寂寂对斜阳。迷楼裹缎知何处，枯水寒山各一方。空霸业，得雷塘，运河犹自接京杭。芜城今日堪回望，城郭依然多绿杨。

周爱东（1969—）

江苏淮安人。任教于扬州大学旅游烹饪学院，中式烹调高级技师、茶艺技师、评茶技师，国家职业技能鉴定高级考评员。著有《扬州饮食史话》《扬州食话》等。

古茱萸湾邗水纪游

古道人踪少，霜寒草木凋。
残碑名寺迹，新屋舜民寮。

欲与评吴越，悠然奏武韶。
寻声街转处，鸣玉和江潮。

孙飞（1969— ）

江苏扬州人。从事装饰装潢工作。

江都黄金大道

大道年年似，黄金满树冠。
人来风乍起，叶落露初寒。
不见时光老，闲看月色欢。
谁知秋遍地，一片一声叹。

蝶恋花　仙女游园

雨后晨来寻绿草，水涨江平，人去蝉声扰。绕岸景观青未了，垂杨共与蒹葭老。

淮左书

声何处晓，黄菊开时，正道秋风好。俊乂总怀天下稿，东南揽尽知多少。

吴天白（1969— ）

江苏扬州人。自由职业。

长相思　游玥珑湖山庄

远香亭，近香亭。风在桃花路上行，人来鸟不惊。

夜飘零，梦飘零。月色扶疏山未醒，玥珑湖上停。

浣溪沙　北湖湿地感兴

地湿风和气未寒，暖阳铺在北湖边，双飞野鹜正清欢。　鸣鸟荡摩心海底，扁舟摇入水云间。吾同葭苇立汀前。

黄海涛（1970—　）

江苏高邮人。就职于高邮市教育体育局。高邮市作家协会诗歌学会副会长、高邮市诗词学会副秘书长。

游瘦西湖二首

亭桥如带系蛮腰，一着春光影更娇。
不许仙娥身再瘦，风吹只恐上云霄。

五亭桥下水轻盈，鸥鹭翻飞自在鸣。

若问西湖多瘦小，腰间只许一舟行。

游鉴真图书馆望栖灵塔

大明寺里出名僧，东渡鸿溟传佛灯。
仰望栖灵塔擎宇，梵音仍在最高层。

游运河三湾

当年百舸激波间，流走光阴已不还。
江水滔滔运河静，时飞野鸟过三湾。

徐学帅（1970— ）

江苏盐城人，现居扬州。就职于广陵区人民法院。

小秦淮遐思

碧瓦青砖骑马檐，东风此际上珠帘。
人家倚岸争春色，绿水推波走玉蟾。
桨影分明添晚籁，梵音仿佛说凉炎。
何如明日卖花语，清脆声声透着甜。

太常引　瘦西湖月下

分明无赖又无由，月色共谁俦。随意上兰舟，啭几处、吴音玉喉。眼前花好，水依人瘦，行去忽回眸。且语且温柔，恍然是、当年旧鸥。

菩萨蛮　印象汶河

文昌阁下汶河水，玉人箫管漫歌吹。往事越千年，空余车马喧。　眷然吾与汝，寂寞何能数。墙外格桑花，前朝太傅家。

严元星（1970— ）

江苏扬州人。机械设计工程师。

瘦西湖月下选三

长堤夜泊四桥烟，花影亭台正欲眠。
舟子轻摇湖上月，清光散作水溅溅。

花帏柳缦织氤氲，塔影浮光绕晚云。
乘月来看山与水，使人更忆李将军。

五亭桥下月倾城，桥上烟芬入夜清。
一霎风消归阒寂，波纹如簟卧秋声。

荷叶杯　射阳湖观荷

碧染一天风色，荷国，披发立行舟。澡心尽可化浮鸥，清气不胜收。万点粉红蓝紫，奇丽，流盼自亭亭。跳波声里绝尘听，准拟忘营营。

蝶恋花　射阳湖镇玫瑰园

斜日无声炙鬓角，止止行行，一纵群游乐。曾有多情都记着，当时不觉青衫薄。

莫向园中叹落寞，岁岁年年，未欠花期约。蝶影纷飞添扑朔，幽光暗系风车索。

周冠钧（1970— ）

又名周冠军，祖籍安徽含山，现居扬州。公务员，从事文史档案工作。著有《清溪集》《信美在扬州：旧体诗词自选集》等。

晨游古运河三首

舟自虹桥直向南，烟光柳色渐沉酣。
一湖空翠谁人到，几朵红莲映水蓝。

绕城十里柳烟中，画舫分波西复东。
半日疏怀如野鹤，此心过处有情风。
淡烟泼翠接高楼，桥上人声欲打头。
我傍清风无一事，满河光影看扬州。

会于二分明月楼

春风深巷里，绿意自嵯峨。
有客藏丘壑，无尘上薜萝。

枇杷犹结果，楼阁暗含波。
揽尽扬州月，斯怀不复多。

登文峰塔远眺

谁解登高意，临风一畅然。
游心红日下，极目白云边。
水曲疑如带，鸥飞怯近船。
忽听经语动，料有士修禅。

过高旻寺

桂子香消秋渐过，村行游思复如何。
几枝或动芦花雪，数亩时掀金稻波。
带影禅云犹次第，接空宝殿正巍峨。
鸽声漫逐西风起，檐铁自摇清响多。

春光好　沿江村

野水淡，粉墙新。日微曛。如画鱼村不染尘。

午风匀。早是江头生计，而今岸上闲身。

几树浓荫人坐久，落秋痕。

江城子　平山堂

过江山色有还无，傍庭除，树扶疏。巧构横空，作势听风呼。眸底一泓先瘦了，心上绿，满西湖。

坐花载月事堪书，约欧苏，醉倾壶。千古文章，何用叹归欤。迢递垂杨城外是，姿袅娜，碧如初。

念奴娇　戊戌年二月初二谒史公祠分韵得月字

春寒敲雨，看朱梅将谢，玉兰初发。湘竹萧骚偏有恨，惆怅泪痕难拂。园小池清，东风啼鸟，浑是多情物。当时人去，岭头空照明月。　谁道青史无凭，以身蹈死，尽付英雄血。芳草年年依旧绿，忍祭襟怀如雪。抱石苔深，参天树老，千古肝肠热。衣冠冢畔，落花犹自轻别。

徵招　东关老街微雨

满城飞絮如烟碎，楼台淡勾轻影。檐角挂红灯，倚楝花香横。老歌翻覆听，到春晚、都成风景。乌瓦簇褐紫玻璃，泛黄门面，绮怀深永。

毫光，游情里、依依伞花开并。料古巷冥蒙，惹单衣微冷。东风吹不定，拼一梦、已教愁醒。千年过，那个谁人，问隔空谁应。

高阳台 何园遇雨

碧溅池荷，珠垂檐树，几回廊外人闲。铺锦搓风，轻裁一段流年。窗含榴火蕉分绿，对潇潇，合是痴然。更凭栏，蝴蝶厅中，玉绣楼前。

啸歌百载人何寄，纵胸藏丘壑，笔裹云山。可以栖迟，亦教水月空寒。而今来者知多少，觅游踪，如履清安。听幽弦，满壁新萝，雅韵纷弹。

梅子黄时雨　个园

修竹回廊，共幽径自开，分付游赏。更细雨催花，小桃初放。春到壶天藏不住，抱山坐听风声响。轻阴涨。石罅锦鳞，吹作纹浪。疏旷。寻阶浮想。料痴怀似缕，枫色新酿。又鸟啄苔痕，陶然相忘。深宅惟余公子迹，百年人事成过往。空徜恍。一帘梦中心上。

满庭芳　晚春微雨访高邮临泽

石溜痕深，苔侵岁老，春风十里人家。寻街认巷，小院落桐花。指点子婴河畔，依旧是，烟树清嘉。更谁道，青芦弥望，大泽隐龙蛇。

堪夸，今日事，田耘沃土，苗覆轻纱。漫承续，文商千古繁华。遥想湖光胜迹，怜不够，菱藕鱼虾。心安处，乡情似水，容我醉中嗟。

注：

此词荣获首届『菱川杯』全国诗词大赛优秀奖。

徐飞（1971— ）

江苏扬州人。现就职于扬州市城控集团。好读书，好昆曲。

瘦西湖即景

拂柳分花过四桥，轻舒兰桨绿波摇。
平山一带添春意，处处笙歌伴玉箫。

浪淘沙

三月最堪怜，春色新鲜。天如碧水草如绵，花雾柳烟风意软，人似云闲。何处可流连，玉管金弦。瘦湖才渡望平山，短楫轻舟闻笑语，廿四桥边。

王桂金（1971— ）

女，江苏兴化人，现居扬州。公务员，供职于街道办事处。

沿湖村小憩

晴空如洗焕精神，白鹭徘徊自在身。
湖上渔歌沉梦远，纤绳却系四时春。

游北湖

丛林泼染草铺茵，芦荻扶摇向我亲。
多少湖塘堪细数，秋风唤作不归人。

记阮元家庙

古巷行踪少，深春细雨斜。
东墙攀旧蔓，西院发新葩。
市闹声声远，心安处处家。

何时邀胜侣，竹下煮新茶。

朝中措　仁丰里

幽幽古巷卧城中，错落各相通。染尽尘烟未改，千年暮鼓晨钟。　名儒宅院，家声清越，竹影朦胧。谁解流光斑驳，青藤守望春风。

常世清（1971— ）

江苏扬州人。从事房地产工作。

扬州二首

烟花春水两相和，湖瘦销金月涌波。
怕是人儿千里外，游心早不耐消磨。

湖山相映橹声柔，粉黛轻匀识旧游。
千古春容称第一，自私烟雨满扬州。

东关老街

过眼老街区，翻飞识燕雏。
重檐生墨绿，画阁隐丹朱。
风味南连北，衣冠楚到吴。
行人烟雨里，一幅上河图。

杨敏（1971— ）

女，江苏镇江人。就职于扬中市文化广电体育局。

河传 重游瘦西湖

湖瘦，波皱。菊花天，向晚烟收薄寒。一舸浮云思惘然，当年，夕阳山外山。闲梦江南梅雨细，人千里，淡了相思字。绿杨桥，明月箫，红芍，为谁开未凋？

南乡子 瘦西湖泛舟

满目碧生烟，短棹微风绿柳前。湖上忽而疏雨过，清圆，逗破云山一角天。

倚梦听高蝉，何处依依旧管弦？闲说当年花事好，幽然，隔水看红六月莲。

董国军（1972— ）

河南叶县人。就职于江苏大学教师教育学院，多景诗社副社长兼秘书长。著有《翦叶集》《岘堂诗稿》等。

临江仙　平山堂步欧阳公韵

六一宗风抬眼见，似闻夜饮琴声。扬州月色蜀冈明。文章太守，才俊尽门生。　春日垂衣开墨卷，桃花扑打帘旌。远山来与此堂平。凭栏吊古，水碧暮云横。

梦扬州　六日偕八咏楼主游扬州瘦西湖

正清秋，映画台金柳，碧水温柔。白塔影中，半日浮生勾留。绰姿夸比西湖瘦，倦倚栏，闲数行舟。笙箫远，波心摇乱，绮怀如梦悠悠。多少繁华已休，曾大贾如云，小杜风流。二十四桥，月下佳人来游。沸天古今文章地，算也应，吾辈登楼。须待得，烟花盛季，重过扬州。

沈一干（1972— ）

女，江苏高邮人。自由职业。

仁丰里

长街市井连，僧舍绣楼边。
鸟语当阶树，鱼亲碧水莲。
访儒春柳引，寻碣识苔斑。
鹤寺夕阳古，儿童戏院前。

卢儆（1972— ）

女，江苏扬州人。从事金融工作，好古琴。

文昌路

长街如练贯西东，辉古融今一脉通。
暮卷珠帘看不足，华灯映月倚春风。

解放桥

方亭四角俏玲珑，古运清波映落虹，
最是春来丝柳拂，轻烟薄雾翠朦胧。

琼花观

仙人种玉又如何，无奈茫茫浩劫多，
幸遇东风逢盛世，琼楼花发粲然歌。

唐银杏

千年依旧碧葱茏，饭后钟声忆里逢。
相视老槐成一笑，秋风扇底尽鸡虫。

卜算子 仁丰里分韵得近字

车马身后遥，黛瓦眸中近。曲巷徐行语笑频，
微暖风吹鬓。
文脉蕴书香，雅趣留琴韵。
最爱楼头容膝坐，淡看斜阳尽。

江城子　东关古渡

清波渺渺袅秋烟，思悠然，暮天寒。帆卷帆舒，曾载故人还。水殿龙舟何处去，斜阳照，旧东关。　西风吹梦入云间，意阑珊，倚栏杆。灯火楼台，掩映是悲欢。且伴古今无限事，倾浊酒，拂冰弦。

江城子　个园竹

清风吹处翠娟娟，舞翩翩，拂云天。细叶疏枝，无处不堪怜。最是轻阴微雨后，青滴露，碧笼烟。　此君何幸驻佳园，玉阶前，小亭边。沐雪欺霜，傲骨自生妍。寂寞流年谁与伴，芜城月，广陵弦。

钱之江（1973— ）

字子南，浙江杭州人。号莼鲈归客。供职于浙江古籍出版社。

水龙吟 人日登大明寺平山堂

水云远带山容，天分江影平于槛。湖山宾主，一杯欲酹，寒波澹澹。林表明金，舟痕纡绿，归鸦数点。正芜城登眺，锦帆行处，凭栏久，浮云敛。

千古文章光焰。向尊前、照人胸

胆。翛然遗世，先生与我，相望无念。十里春风，百年歌吹，一声钟梵。待披襟、立尽桥头残月，听松涛撼。

壶中天　人日谒史公祠

英灵未歇，绕崇祠，历历云旗风马。欲荐溪毛重叩首，乱叶萧萧鸣瓦。廊庙城狐，生民刍狗，取义公仁者。乾坤清气，与公同此奇夜。　追抚邗上风流，弦歌宛在，寂寞寒潮打。岭上梅花如有信，故故向人低亚。挽日孤戈，经年抔土，青史凭谁写。挐舟东去，斗牛光焰相射。

苏雨（1973— ）

江苏南京人。就职于白敬宇药业有限公司。

何园

暂栖片石得烟霞，鹓鹭当年漫自夸。
玉绣香遗人去后，庠斋春锁燕来斜。
别裁名岳移家壁，卜筑仙波放海槎。
袖手廊前今古月，牡丹犹照影交加。

潘乐乐（1973— ）

号畏庵，出生于巢湖。现为安徽省文史研究馆研究员，曾获首届《当代诗词》谭克平奖。

扬州莫史阁部祠

残局撑持挺此儒，我来雨迸冢边孤。
河山血火前朝事，能祭忠臣只逆胡。

高阳台 过扬州二十四桥

去雁沙寒，牵藤石老，我来秋色堪伤。瑟瑟西风，蒹葭吹恨微霜。行人莫向桥头倚，倚桥头，怕认沧桑。最销魂，抚遍阑干，立尽斜阳。

歌弦十里扬州梦，记珠帘灯火，雾鬟衣香。零落风流，烟波空付茫茫。清箫何处天涯杳，剩年年，愁结垂杨。更黄昏，一种迷离，千古凄凉。

杨洁（1974— ）

江苏扬州人。善吟诵，绿杨诗社副秘书长。

片石山房

镜花水月前时梦，孤本人间数百年。
意把奇峰搜尽罢，教随云影入池天。

夹城湿地

冬去春来日影柔，临波闲把钓鱼钩。
东陂桃李西风杏，一样香萦溪岸流。

古运河边

流连窗影透梅花，岂必春颜尽入家。
行到长干垂柳外，万丝金浅趁风斜。

晚登蜀冈望梅花林

人云此地玉钩斜，今我来思剩有嗟。
独向夕晖亭下看，宫魂千百已成花。

晚步柳叶桥观运河夜景

炫彩灯华漾水流，难于相认旧扬州。
萧娘月下如重见，不必二分清约愁。

仁丰里见蔷薇作

蔷薇檐下绽，五月曼余春。
霏雨时沾露，幽芬暗沁人。
俟谁留愿语，因梦问情身。
来日歌连袂，风花莫逐尘。

题文峰寺

清流南转处，古寺见巍峨。

柳影临波漾，钟声向晚多。
碧苔随适染，白鸟自为歌。
莫问帆樯事，当年曾竞过。

减字木兰花　瘦西湖春泛

云根低亚，舫外晴光浑似画。白塔红桥，欸乃穿移碧柳条。
小娘低唱，茉莉清歌波里漾。此地销魂，误了南来北往人。

菩萨蛮　个园秋思

碧空新雁云边去，桐风吹散残荷雨。独上抱山楼，晚来秋景幽。竹园潇洒意，久未题诗记。立尽小阑干，露凝清夜寒。

虞美人　曲江晚眺

曲江春柳垂官路，云暗沙鸥暮。行人堤上去匆匆，谁念当年风物已成空。玉栏桥外青螺画，细雨潇潇下。花烟流水恨无情，犹盼三更或可月分明。

虞美人 晚过竹西

萋萋芳草邗沟路，云掩残阳伫。重来心事却无名，惆怅随风行到古长亭。 林梢几点栖鸦远，薄暮烟霏敛。旧游人去已消踪，惟有藕香零乱野塘中。

风入松　广陵春暮

风吹一地沈郎钱，日暖水庐边。画船来去垂杨里，新晴嫩、无雾无烟。紫燕衔泥堤外，朱樱结子楼前。

广陵清曲旧声弦，迟客已千年。芳辰约在名园会，伴红芍、困午多眠。夜市还须中酒，月明桥上流连。

蝶恋花　登四桥烟雨楼

楼外绿杨垂四面，画舫轻鸥，来去波清浅。曾醉玉栏花影乱，游丝吹尽晴芳甸。　误引东风春日见，长被笙箫，一曲柔肠断。消得流光愁予遍，无情却盼深深绾。

王海亮（1974— ）

河北省国家税务局工作。

平山堂

北望平冈气若虹，远山近水一堂中。
传花不到凭栏客，载月还归隔寺钟。
幽谷鱼浮聆古调，高林荫重仰双松。
五泉遥接江流冷，分付清凉笛里风。

朱文莲（1974— ）

女，江苏扬州人。从事财务工作。

宋夹城遗址公园

云影波光杨柳风，轻舟来往画图中。
长情最是城头月，曾照当年烽火红。

三湾闲步

绮陌烟轻芳草萋，无人尽日鸟空啼。
夭桃淡柳纷相引，去看春风二月溪。

再游高旻寺

避喧重到衲僧家，已是西风换物华。
认得去年双白鹭，盘旋来宿旧芦花。

竹西亭

筠廊一角坐春晖，陈迹依然事已违。
千古兴亡成一慨，凭谁来定是和非。

吴王庙

王图霸业论英雄，事去时移一梦空。
惟有绿杨枝上鸟，年年来此坐春风。

广陵春早

清旦阳和一线生，东风吹到广陵城。
壶倾卯酒红成晕，鼎着盐梅细作羹。
霄汉已怀春气象，林溪正待绿纵横。
晴云芳草皆堪爱，况有穿帘燕子声。

浣溪沙 个园假山四首

春山

檐挑晴珠别样红，庭花槛草斗纤秾。黄鹂啼入翠烟中。
收拾眉端千万绪，安排清梦两三重。楼台无日不春风。

夏山

入得青门与世忘，池亭幽处付行藏。由他岁月去堂堂。
石壁蜗涎循古迹，绿芜萤火堕流

光。水风频递芰荷香。

秋山

几点闲蝉换柳莺，泠风漱石满清听。无由坐忘拂云亭。待绾斫冰修月手，来翻莳药种花经。幽阑拂罢立长楹。

冬山

殖殖庭延一径苔，崚嶒石气掠微埃。物华各自转沈埋。冻雀时于檐下伏，腊梅悄待雪时开。东风遮莫过墙来。

满庭芳　个园游记

修竹成围，门开阛阓，绿云落在虚窗。夜来疏雨，阑槛起新凉。市井人声不至，有小燕、点水飞双。销凝久，繁阴低处，梅子半青黄。

徜徉，看未足、依泉瘦石，觅句回廊。记淮左风流，纶笔生香。四序清光到眼，前尘事、兴味悠长。今宵里，银蟾依旧，悲喜两无妨。

行香子　赴江都黄金大道有记

霁色初开，雨意全收。听高杪、一段风流。轻黄如翦，拂过眉头。怕夜来霜，旧时句，故人眸。

芳林寥落，岁华催晚。叹平生、不过蜉蝣。云踪无觅，有梦淹留。待阳春曲，罗浮信，木兰舟。

夏云峰　题咏文昌路

落花天。熏风起、夹道又听鸣蝉。寻向井闾幽处，避却尘喧。草阶苔壁，看半晌、蚁阵蜗涎。柳荫外、街声似旧，此昔何年。　由来万化推迁。百余里、水村山郭相连。浓绿正供望眼、白鹭联翩。几多兴废，教碧海、都作桑田。嗟已往、当时月魄，今夜重圆。

宋卿卿（1975— ）

女，江苏扬州人。从事企业技术管理工作。

减字木兰花　文昌路组词

解放桥

一桥飞跃，隔岸庭间成错落。旧日扁舟，漾漾因波逐水流。　苍阶轻拾，皆是往来尘中客。坐看停云，百态人生足可听。

琼花

冰肌如雪，摇曳风中真似蝶。滴落红尘，千载广陵不老春。此情堪寄，多少光阴成故事。拟就无双，懒与狂葩较短长。

唐银杏

光阴千载，笑看风云尘世改。叶茂枝繁，历尽沧桑年复年。根须深植，入眼往来皆过客。郁郁苍苍，恰与谁人说李唐。

文昌阁

魁星高照，八斗才思需祝祷。邗上文枢，原儒昌明傲越吴。而今犹立，却恨孤亭成古迹。碧血丹心，余韵流风细细吟。

石塔寺

木兰禅院，前世今生皆不见。有塔依然，燹火遭兵历苦艰。岂需香积，千载光阴名几易。古韵流风，惭愧当年饭后钟。

浣溪沙 禅智寺遗址

风起扬波水不惊，绿荫深处碎弦声。小舟犹自岸边横。

一座牌楼呈倒影，半墙院落剩连甍。木香枝上立蜻蜓。

清平乐 竹西精舍

回廊连屋，可把诗书读。隔架蔷薇香馥馥。兼有满院新绿。

雅室静待人来，何需丝竹盈

斋。一卷文章在握，当是闲适生涯。

临江仙 瘦西湖

最爱西园曲水，小桥石壁流淙。轻移身影景无穷。欲怜芳草绿，先对海棠红。漫问箫声何处，熙春台畔从容。满城烟雨竞东风。三春花事远，且在一春工。

毛川（1976—2020）

扬州湾头人氏。从事医药器械营销工作，多才艺。著有《柳风集》。

点绛唇　汪氏小苑

闹市桃源，东门藏壁汪家府。九重朱户，小苑秋无主。　绿绮谁弹？一调殊今古。花不语，任人频顾，落落知幽苦。

更漏子 二十四桥春

雨滋红，风拔翠，花外莺声叠碎。桥弄影，水含烟，画屏遮梦寒。

春衫薄，登楼阁，头上燕儿忽略。蟾月起，玉人来，教吹新曲牌。

沁园春 邵伯湖

一把青钱，撒在波心，买断棠湖。有骚人到此，盈盈隔水，佳客寻来，步步流苏。舟影鱼痕，云裳风佩，斗野亭中俗念无。题东壁、与苏门七子，并列而书。秋花两树三株，缀秋水伊人待价沽。对秦楼霜镜，微微描目，雨阁烟闺，略略施朱。西子难逢，范生偶遇，一棹归兮向自如。须携酒、料人间滋味，不及莼鲈。

展旭强（1976— ）

江苏靖江人。扬州市树人中学教师。

泛舟瘦西湖

重重寒叶锁高台，十里湖光一棹开。
回首云飞歌未断，窥人月上柳梢来。

玉龙花苑

偶向疏林深壑中，苍烟明灭落霞红。
主人只傍烟霞住，雨有芭蕉月有风。

个园抱山楼

廊前峰壑暮烟横，行尽山程并水程。
长夏奇云犹未散，已闻红树报秋声。

游文峰寺

幽幽台殿隐纤尘，小犬酣眠不畏人。
数树花香无内外，高墙未隔往来春。

禅智寺遗址

巍巍名寺起隋宫，断壁能言色相空。
小杜重来应太息，数枝杨柳落花风。

题夫差广场之夫差像

葱葱木叶矗雄姿，破越威齐事可知。
中夜君王应浩叹，邗沟霜落月明时。

雪夜游东关街

携手东关去，悠然入古城。
灯纱风雪夜，檐角玉阶声。
联步街长短，推心语纵横。

江湖常作别，百里待君征。

与诸友游竹西亭

翠捧危亭出，人寻一径通。
檐飞云迹淡，花落鸟声空。
论道无今古，安身有达穷。
何妨相对饮，倚梦竹边风。

游仁丰里

欲驾安拉鹤，来栖阮氏家。
名高缘毓圣，巷小不容车。
云过楼前竹，亭生水底花。
隔街烟起处，僧寺晚烹茶。

登扬州宋夹城

风旗猎猎日苍黄，城下依稀战骨香。

高壁坚时人世界，胡尘到处血家乡。
自来兵道关生死，莫遣空言论短长。
海上三山今欲裂，九天唯觉意茫茫。

浪淘沙 冶春

春到碧溪边，万树联翩。画船轻破水中天。莫怪流莺饶舌甚，柳暗花妍。屈指几经年，抵死流连。二分月下听冰弦。帘底落花风拂拂，乱了茶烟。

虞美人　个园

画檐垂雨真堪听，拂叶穿花径。山容水色尽空濛，更喜万竿修竹碧玲珑。琉璃壁上当年赋，似共高人语。暮春时节一登楼，自笑文章我亦足风流。

念奴娇　踏雪寻梅瘦西湖

璇英乱坠，向烟云堆里，无穷轻逸。玉界

三千尘色尽，一水迢迢深碧。廿四桥风，熙春台竹，银蝶侵衣急。寒香欲坼，数枝先透消息。极目天地如斯，人生渺渺，寄在光阴隙。回首琼林幽径下，来处偶留踪迹。相与行歌，嚼梅咽雪，壶酒当瑶席。徘徊芳树，隐然谁弄霜笛。

李敏（1976— ）

女，江苏扬州人。江苏省作协会员，爱好文字。

竹西公园行吟六首

既别竹西三十春，重来谁识旧时身，
草尘扑面花空眼，一径幽明幻亦真。

试遣幽怀到竹西，一桥临水正堪栖。
苔生古道泛新绿，荷立蜻蜓照影迷。

循径幽然到竹溪，小莲初与碧波齐。
金鳞似识春风暖，也向垂杨影下栖。

一水萦回簇小亭，藤花壁草共幽清。
风行檐角啼黄鸟，听作当年歌吹声。

悄立碑前思汉唐，华胥幢阵共飞扬。
故都故苑今何在？鸦雀声中看夕阳。

一庭蕉叶动人时，举袂来寻三绝碑。

日照苔痕深复浅，何人不识谪仙诗。

瓜洲行吟三首

一角楼台谢夕阳，江声渐次没苍茫。
花开松径香尘杳，雁过云图秋色长。
小立霜中寒不觉，偶逢闲里兴何妨。
忽如一片清飔下，人与鸣蛩共月光。

梧叶一声天下秋，驱车十里到瓜洲。

白云片片临江起，芳甸依依带碧流。
石刻长存今古意，烟波不识往来愁。
晚风过处尘嚣去，脉脉斜晖送远舟。

滟滟江波濯碧空，无边芳甸起飞鸿。
白云拂过银铃塔，紫鸟鸣翻杨柳风。
杜氏箱沉春梦散，荆公诗与醉眸同。
谁于壁上留丹字，读罢长吟叹日中。

沿湖村三首

鱼戏莲根鸟语轩，芭蕉分绿上朱弦。
余生若向此中住，绝胜仙人到永年。

晴满沙滩真似春，风光处处绝纤尘。
闲行趺坐随君可，今日权为出世人。

历雨枯荷尚有茎，经霜红叶似通灵。
篱笆小院农家乐，一片生机泛矮青①。

注：

①矮青：青菜的一种。

北湖

北山有北湖，漾漾到天都。
四时涵清气，朝暮飞玉鲈。
援阶上晴塔，耳外声渐无。
百岛来眼底，一一若明珠。
秋来原多事，借此作踟蹰。

谁知菱镜里，绮梦渐潇疏。
秋风拂我袂，秋气浸我肤。
人生有曲直，草木有荣枯。
匆匆百年窄，何为困歧途？
栾红并芦雪，看为新画图。
林表云自去，众鸟正如如。

耿震（1976— ）

江苏扬中人。镇江市多景诗社副秘书长，《多景诗词》副主编。

二十四桥

青山隐隐维扬路，烟柳酒旗十万家。
但有管弦声无数，谁会真意一些些。
绿水悠悠今犹古，涟漪微微泛春华。

廿四桥边旧时月，今夜正照何人家。
忽起愁肠无限限，夜半倚门望月斜。

马春（1977— ）

女，安徽无为人。从事财务工作。

五亭桥

车尘未扫怯寻城，湖曲蜒蜿一洗清。
何事高桥来迓我，秀亭垂柳各多情。

白塔

天风曾此振鸣珂，帝力十全今在么？
白尽通身渠亦老，尚能春钓送烟蓑。

钓鱼台

左挟亭桥右塔形，占成秾秀欲通灵。
我来学钓丝纶短，未许波澜动客星。

蒋涛（1979— ）

江苏南京人。自由职业。

扬州慢 个园

楼抱秋山，雨宜春榭，缀阶竹影生寒。倩湘娥鼓瑟，念叔夜调弦。恰赢得、苔痕罨径，石镌修月，纹碧涵烟。最难禁，池上闲莺，啼恼新蝉。

巷头树老，指萧萧、清美堂前。甚耕读家风，分峰妙手，合称参禅。挂幅墨喷霜色，依稀是、阆苑琅玕。正云回深幕，飞琼骑鹤重还。

李彦（1979— ）

江苏扬州人。就职于扬州江都区空港新城管委会。

过旌忠寺

小巷深深藏古寺，檀香袅袅傍炊烟。
因缘不必听僧语，一叶飘来即是禅。

题阮元家庙

故园犹把阮公铭，认取垂枝作帽翎。
树木森然抄手立，群花颔首待门庭。

古茱萸湾

南舟北客一时喧，旧墨遗风识阮元。
泊水闲云依旧在，江湖煮酒任人言。

浣溪沙 过瘦西湖

轩傍幽篁塔傍云，重来恰似去年春。枝头初落嗅余温。舟碾波来揉草色，水穿城去带花痕。平生只合做游人。

摊破浣溪沙 游铜山

落叶随身欲叩肩，枯阶枝影叠斑斑。莫唤西风

勤扫却，爱山闲。　旧事长教留纸笔，当年
曾拟种花田。感郁蜉蝣朝夕去，梦阑珊。

杨安宇（1980— ）

女，现于吉林省松原市油田设计院工作。

少年游五首

微雨瘦西湖

垂垂杨柳绿烟蓑，微雨湿青螺。几回风来，望南望北，湖水旧时波。依稀多少当年事，缓缓又心窝。廿四桥边，二分明月，无赖画初荷。

平山堂

旧时堂前古藤荫，窗望已深深。有无山色，风流宛在，千古一怀襟。熙来攘往人间过，三十渐沉吟。几片云帆，漫江斜照，看也是如今。

荷花池

一池鱼浪入凉吹，荷盖正低垂。青青半老，初秋气味，云管动葭灰。重来不作春时遇，幽绪悄萦回。三月街光，杏花深处，微雨又沾衣。

古运河

青枝影下老船篷，欸乃一声空。旋旋归鸟，依依流水，都在夕阳中。春风不识当年路，依旧卷帘栊。苔锦阶前，素衣身后，心事问如同。

老街

徐徐长路慢回身，遥忆又纷纷。黄桷枝嫩，

绿苔绒浅，沉静几家门。青砖不辨儿时梦，碎裂满鱼纹。多少浮光，一番明灭，误了看花人。

肖腊梅（1981— ）

女，江苏淮安人。就职于扬州晚报社。

过唐城遗址

峻横涧壑水流东，雉堞无声兴废中。
俯仰苔侵安社稷，平畴向晚正飞红。

凤凰岛记游

野径萦回绕曲隈，满湖烟水向人开。
菰蒲合与幽禽伴，只待舟回唤酒杯。

夜过蜀冈有寄

夜过平山下，松风乱拂衣。
露凉泅草色，云黯透禅机。
阒望连灯杳，行吟入雁飞。

沧溟何所梦，红蓼总相违。

临江仙　瘦西湖月夜

梦冷红蕖烟水碧，几痕香染鲛绡。皛波送影过兰桡。苎萝风起，明月正相邀。廿四楼台歌已半，樽前倚石题蕉。翠微回望一迢遥。绮年消息，都在玉人桥。

看花回　文游台

直上文游慕圣贤，鸿雁来牵。石阶苔影寻踪迹，客遍题、越水吴山。昼凭歌断续，多少晴暄。

今夕登临复倚栏，淡宕春寒。隔花说尽江南老，正襟怀、也共绮筵。暮云犹殢醉，长恨归鞍。

看花回　高邮湖

甓社烟波泛钓船，明月忘还。弄鱼惊起珠光碎，照水云、飞上眉弯。梦随芦笛远，撩乱无眠。漫数沙鸥欲比肩，振翮回旋。野花汀草从来碧，对苍茫、不负夜阑。与君携酒坐，千里潺湲。

御街行　仁丰里记游

愔愔巷陌谁曾隐。旧石板、江南韵。疏檐遥见酒旗飘，深院似调琴轸。寻幽千古，繁华几度，阶上苔痕润。

斜阳坐老听忠慎。逝水外、朝如槿。阮家恩重暮云归，长羡襟怀高峻。而今留取，文章清响，吹入飞鸿阵。

黄莺儿　邵伯春行分韵得水字

催花催酒春何媚。暖径飞红，嘉树啼莺，安排芳华，与君同醉。携六幅绮罗轻，满地云霞蔚。望中千载风流，昨日闲愁寥落如水。行止，逐影认疏檐，过埭怜幽履。野亭犹在，断石年年，文章往来相继。仍驿里驻斜阳，槛外送征辔。梦到十二楼台，随柳丝摇曳。

绕佛阁　文峰寺

水天淡宕，遥隔刹影，千古经幢。墙外榛莽，蕴如宝塔、停鸥入清响。落花偃仰，来渡苦厄，晴翠新觃。风住雨涨，劫沙纷坠，恒河本无量。

问道在菩提，回首苍苔皆过往。因念佛前、烟云犹供养。对半亩园蔬，谈笑堪赏。此身何妄，渐梦醒尘寰，随意安放。爇炉香、月华疏朗。

探春慢 个园春山

新柳含烟，嫩篁着雨，年年先引春色。既趁晴岚，来寻燕径，正是山容初识。皴笔纷如削，为勾染、东风行迹。望中遥认江南，绮怀多少消得。

待到薄寒吹尽，红药又阶前，看取朝夕。数石玲珑，丛芳宛转，长伴龙吟相激。翠浸壶天影，似掩笑、向人欹侧。偏爱韶光，落花也共题壁。

夏云峰　个园夏山

岫云归，汀烟散，疏峰到此萦回。还共透风漏月，俯仰成姿。水流幽迥，苔壁外、野彴横溪。凭渡却、松声几许，吹过园扉。最堪长夏忘机，晚来趁、绿痕消尽新醅。多少暑烦坐冷，画扇频欹。那时迟宿，怜菡萏、待枕红蕤。换一梦，江天万里，仙鹤相随。

秋色横空　个园秋山

山石嶙峋，向楼前叠巘，槛外迎瞰。重峦险宕藏幽壑，危巅似住秋云。枫犹媚，桂几薰，映远碧、泠然忘此身。为借寒汀弄影，暮霭纷纷。

何事更饶殷勤，念狂歌初起，浊酒才温。雁来也羡诗书老，霜信已隔嚣尘。罗含菊，画未真，漫想见、多情携玉人。驾一叶轻舟，月下垂纶。

催雪　个园冬山

宣石横阶，孤馆映月，折就梅花十二。尽付与清寒，素心如洗。回首而今岁暮，客已远、巉岩飞仙佩。暗香盈袖，群狮戏雪，晓来犹睡。

新霁，冻云坠，纵世事销凝，锦屏人媚。梦也向、天涯游遍山水。老树庭前舞罢，对虚白、遥听琴声外。若有信、廿四风来，问取隔墙春未？

盛莲纯（1981— ）

女，江苏高邮人。自由职业者。

宋夹城有题

一方冰鉴任风裁，万点晶光灼眼来。
偶有飞鸿怜照影，垂垂几树素梅开。

保障湖偶记

碧水黄花郁郁空，人和星月两朦胧。
芦间白鹭时惊起，厌杀湖边几钓翁。

徐秀（1981— ）

女，江苏盐城人。从事商业工作。

游个园四季假山

石台交错鸟关关，步入幽园不欲还。
四面竹风凉影里，一朝看尽一年山。

注：
此诗荣获纪念个园建园二百周年全国诗词大赛二等奖。

刘斌（1983— ）

江西广昌人，现居西安。转徙行伍间。

春过瘦西湖

顽雀敲窗逗晓晴，湖光净浣碧如屏。
长堤信步千垂柳，人眼人心各自青。

刘童（1984— ）

字曼云，别署隐秀楼主人。安徽霍邱人。诗词联赋作品多次获奖。

登抱山楼

淮左有名都，风物两屈奇。
名园典型在，古雅相追随。
天下胜迹繁，麈谈终纷披。
如人幽光吐，深丛发孤罴。

以往私宅大，主人信多为。
黄公遍植竹，建构空觇窥。
我来抱山楼，乱石叠崟嵚。
水木涵深秀，采览无瑕疵。
手摩碑廊刻，颔首渐捻髭。
群山东西掇，经纬入交歧。
中有匾额悬，花影照参差。
壶天自春色，统领一如斯。
登临凭栏望，四围新风吹。
娱情同饱餐，概不论财赀。

秋山势绝险，刚狷比男儿。
突兀世已惊，况是角雄雌。
间飘丹枫叶，颜色不自知。
笔固难摹画，霜来染天陲。
上有崎岖蹬，危象如虎皮。
仿佛洞中走，腰身得羁縻。
山外桃花落，仙境疑指㧑。
等游九垓上，恍然见诡奇。
楼下梧桐树，满阶浓荫施。
色白结肥子，直可作软炊。

檐前芭蕉丛，翠叶高离离。
芳心谁能解，兀坐得孤羁。
人事有代谢，夏秋无枯糜。
满园生气足，何分高与卑。
转闻清泉出，有亭翼于巇。
碧水荡然起，风来皱一池。
夏山景有殊，绕此成逶迤。
其性不可驯，如渊腾蛟螭。
长树连苍茫，芙蓉何猗猗。
青草迷人眼，飘然入酒卮。

江南尽才杰，往来文笔驰。
藻蔚烟云滃，我言何足垂。
惟愿盘桓久，石流澄肝脾。
抱朴如抱山，岂其识盈亏？

注：

此作获纪念个园建园二百周年全国诗词大赛一等奖。

梅毓俊（1998— ）

江苏扬州人。留学美国。

题东关古渡

东关古渡入清秋，不见杨花只见舟。
谁道运河长寂寞，二分明月此中流。

初冬广陵夜

广陵秋已去，明月滞高台。
何待三分雪，先开一处梅。
雾深花影没，香远客人来。
今夕枝头梦，悠悠不可猜。

广陵春思

雨后淮扬蕙风起，纸鸢相逐柳西斜。

遥看楼阁千灯处，多是炊烟百姓家。
飞燕曾来栖古塔，流波不住浴杨花。
凭栏空忆龙舟事，坐学渔翁惜晚霞。

鹧鸪天　忆广陵

十里流波十里银，广陵随处可销魂。古今人物皆为友，深浅风光尽是春。　萦此梦，叩谁门，玉箫声里自听闻。多情游子应无数，明月年年只一轮。

水调歌头　游古运河

辛苦碧波远，载月下扬州。不知南北千里，来去几沙鸥。两岸繁华无数，赚得隋炀久住，纤柳系龙舟。雪浪自相逐，佳气不能收。泛兰棹，倾美酒，莫言愁。待君梦醒，初日高照万家楼。吾羡游鱼长乐，亦羡杨花无著。过客总悠悠。送罢千帆后，回望尽浮沤。

敬斋

当代古典体诗词丛刊

當代詩詞詠揚州

（下）

周冠钧　编著

岳麓書社·长沙

二、感怀篇

谢觉哉（1884—1971）

湖南宁乡人。曾任中央内务部部长、最高人民法院院长、全国政协副主席。

生日在扬州

今年生日在扬州，十里扬州景物稠。
寺里琼花繁若锦，湖中西子瘦于秋。
偶从僧舍观书画，又向同人问乐忧。
八十年华如水逝，红旗招我再来游。

柳亚子

哭熊味根烈士

寿春倡议闻天下，今日淮南大有人。

辽海烽烟多故鬼，皖江风雨泣遗民。

辍耕陈胜思张楚，函首於期竟入秦。

莫问虹桥旧时月，衣冠梅岭也成尘。

林散之

重来

微波犹溯木兰舟，湖上重来认旧游。
自愧腰无十万贯，烟花三月负扬州。

十一月三十日，送不殊下乡，诗成，偕伊母女二人游瘦西湖，新月归来，乘兴作此

一

东风连日吹小屋，吹我胸中芒角出。
八首不殊下乡诗，铿然如响颇不俗。

二

年逾七十古所稀，随喜人间处处宜。

作诗不是丈夫事，将此聊歌时代奇。

三

华国文章宝书重，千山万山红旗动。
新秋已换广陵潮，瘦影空存西湖梦。

四

大笑平生才鲁莽，诗成可惜无人赏。
虚阶凉夜月明时，自己长哦自击掌。

丁宁（1902—1980）

女，原籍江苏镇江，幼年随父移居扬州。著有《还轩词》。

望江南　忆扬州二首

多少忆，春色耐寻思。十里垂杨笼翡翠，一溪香雾湿胭脂。微雨杏花时。

多少忆，惆怅最分明。清露凝香萦蝶梦，嫩寒

和雨涩莺声。萍小絮初成。

望江南　旅窗杂忆选四

年时好，芳序最关情。困柳轻阴寒上巳，催花疏雨湿清明。家住绿杨城。

吾乡好，春色够魂销。夹岸有花皆芍药，平湖无舫不笙箫。人语小红桥。

吾乡好，烟景怕重提。十里芰荷连法海，几家楼阁枕清溪。长忆竹桥西。

吾乡好，记得岁寒天。出水银鲍银让色，含浆雪蛤雪输鲜。小饮富春园。

鹧鸪天 归扬州故居作

湖海归来鬓欲华，荒居草长绿交加。有谁堪语猫为伴，无可消愁酒当茶。 三径菊，半园

瓜，烟锄雨笠作生涯。秋来尽有闲庭院，不种黄葵仰面花。

蓦山溪

江南故里，一别且二十年。丙子秋登平山堂，望隔江山色，感事怀乡，遽成此阕，用美成韵。

迷漫烟柳，绿黯隋堤路。倚栏暗魂销，渺乡关、夕阳红处。江山如此，莫更上层楼。谁可语，空延伫，目送征鸿去。沉沉兵气，恍

见星如雨。往事念干城，悄西风、神鸦社鼓。莼鲈秋老，何日是归期？烽北举，江东注，一息愁千缕。

苏仲翔（1908—1995）

浙江平阳人。古典文学研究家，华东师范大学历史系教授，上海市佛协副会长。

重过扬州逾三十年平山堂题壁

当年师弟仰苏欧，重到平山也白头。
佳处竹西留绮什，霸图邗上剩荒沟。
忠魂阁部空梅岭，古德禅林动海陬。
道是渔洋诗句好，只拈杨柳咏扬州。

钱仲联（1908—2003）

号梦苕，祖籍浙江吴兴，江苏常熟人。著名古典文学研究专家、诗人、国学大师。苏州大学终身教授。1981年全国首批博士生导师。著有《人境庐诗草笺注》《韩昌黎诗系年集释》《剑南诗稿校注》《近代诗钞》《梦苕庵诗话》等。

满庭芳　丙申重九，游平山堂，泛舟瘦西湖

轻载湖云，闲扶野色，寻秋客到禅扉。茶烟温梦，尘劫认依稀。人物欧苏去后，题襟处、几换斜晖。凭栏久，隔江眉黛，还为此堂低。

芜城何处是，行行衰柳，黄贴征衣。促拏音回棹，绳雁弦诗。我辈逢辰作健，嫌溪雪、点鬓成丝。西风里，岩香正好，共插满头归。

沈祖棻（1909—1977）

女，字子苾，别号紫曼。祖籍浙江海盐。词人、诗人、文学家、文论家、著名教授。著有《涉江词》《宋词赏析》等。

忆旧游

结伴清游记往年，望中城郭绿杨烟。
春寒无际瓜洲渡，风雨潇潇待客船。

孔凡章（1914—1999）

原名繁祎，四川成都人，祖籍浙江萧山。中央文史研究馆馆员。著有《回舟集》四卷。

陂塘柳

倩扬州、二分明月，梦魂相伴凄冷。春风不到心深处，判得欢娱无分。君莫问、有多少幽怀，试看双潘鬓。相思几寸。任璧月新词，琼春旧谱，总是怕重听。

愁边镜，那是当年

何逊。更堪吟绪消尽。罗巾书箧珍藏久，为有别时脂印。才一瞬，惊回首，芙蓉一劫余清恨。新来瘦损，奈水远山遥，鱼沉雁杳，往事付灰烬。

陈从周（1918—2000）

浙江杭州人。著名古建筑、园林专家，上海同济大学教授。

咏扬州

溪山好处忆同游，前度刘郎兴未休。
淮左名园归腕底，二分明月在扬州。

李秋水

别扬州

细雨如丝织客愁，归期已迫不容留。
西风吹老扬州梦，一夜芦花尽白头。

冯其庸（1924—2017）

名迟，字其庸，号宽堂。江苏无锡人。曾任中国人民大学教授、中国红学会会长、《红楼梦学刊》主编等职。以研究《红楼梦》著名于世。

壬戌暮春重游扬州访《红楼梦》作者曹氏遗迹感赋

寻梦到扬州，烟花四月稠。
荒园抚残石，废寺仰层楼。

风流当日事，凄断百年愁。
古今情不尽，大江日夜流。

刘征（1926— ）

本名刘国正，北京人。语文教育家、诗人，人民教育出版社原副总编辑、编审，中华诗词学会名誉会长。著有《刘征寓言诗》《流外楼诗词》等。

谒史可法祠

板荡中原叹路穷，一城如铁柱天东。
乞怜群小生全蚁，取义督师气吐虹。

涧雪压多松偃蹇，崖泉滴久石玲珑。
梅花岭上梅千树，烈烈寒香起劲风。

俞律

丁巳仲春返扬小游，慨赋八律　其八

翻作扬州客，行行意未胜。
轻离生已惯，恋故死犹能。
风静城河树，鸟归山寺灯。
空怜二分月，携不到金陵。

秋夜宿扬州梅花岭，所谓十月先开岭上梅者殊未验也

天高十月岭，池馆故乡情。
闭户存秋色，推窗招月明。
事从无到有，人贵死犹生。
依旧扬州路，梅花泪欲倾。

己未扬州三首选二

其一

本是扬州人，偶然扬州去。
晚巷立多时，纷纷四月雨。
怀人不见人，所见惟草树。
可惜海棠花，花开春已暮。
明年归不归，青山响杜宇。

其二

本是扬州人，偶作扬州客。
西湖瘦于初，久别如不识。
风生危亭波，舟入柳絮白。
寂然一杯酒，饮罢春生膈。
安得姜郎箫，吹过长天碧。

李望苏（1930—2022）

江苏沭阳人。曾任江苏农学院系总支书记、系主任，绿杨诗社社长，扬州市诗词协会副会长。

梅花岭谒史可法衣冠冢

一池碧水半亭风，十日难忘血染红。
数点梅花亡国痛，千秋共仰大英雄。

[日] 石川忠久（1932—2022）

日本东京人。中国古代文学研究专家。日本『圣社诗会』和『桃园诗会』主席，樱美林大学文学部教授、东京大学讲师、日本全国广播协会汉诗讲座讲师。

访鉴真和上故乡

欲寻名刹到芜城，和上遗风自有情。
友谊一千三百载，长明灯下忆天平。

李文朝（1948— ）

山东梁山人。少将军衔。中华诗词学会常务副会长，《中华诗词》杂志社社长，著有古体诗词集《古枝新蕾》等。

扬州寄怀

三月烟花忆旧游，诗仙邀我下扬州。
千秋风韵倾人国，万里春光入画楼。

湖瘦容争佳丽俏，月明情胜碧波柔。
承唐继宋骚魂在，今古大观天一陬。

熊盛元（1949— ）

字复初，号晦窗主人，江西人。中镇诗社副社长。现任江西诗词学会副会长，江西省社科院文学所副所长、研究员。有《晦窗吟稿》《晦窗诗话》等。

朝中措　平山堂感怀

晴烟霭霭望中明，襟抱与山平。谁谓欧公短视，毫端只写真情。

堂前柳色，几经风露，豁我眸青。为问嗣昌知否，趋炎何似怀冰。

扬州慢 瘦西湖怀古

垂柳笼烟，落霞牵梦，几多往事萦怀。对亭亭塔影，念旧日裙钗。甚轻舸、空教载恨，万千尘劫，都付昏霾。自销凝、长笛泠然，声绕歌台。

冶春翠冷，问红桥、谁更重来。叹乱絮飘残，琼花谢了，幽恨难排。怕说胜朝骚雅，琴心敛、鸟莫惊猜。笑伶俜词客，榛丛犹唱《韶》《陔》。

林宗源（1950— ）

北京房山人。号塔园居士，教授，房山云水诗社副社长。

扬州古运河随想

流淌千年默不哗，隋炀功过付烟霞。
清波洗尽纤夫恨，软雨催新古岸花。
船遇狂涛思舵手，人怀芳草望天涯。
机声响处鱼龙隐，游艇惊翻浪底沙。

李清（1960— ）

江苏泰兴人。扬州何园管理处工作，画家。

蜀冈西峰感怀

曾经剑阁入云间，十里烟湖柳映湾。
闻道西峰连日雨，东风洗叶下秋山。

李静凤

正月初二春冷凛冽扬州有寄

水太清柔石太苍，人间无物似维扬。
蜀冈一片琼花雪，留与条风滴泪行。

浣溪沙

戊子新春耽于维扬，花木未萌，积雪空明。怀思双亲生身故迹，万感攒心，清夜书此。

窄窄红桥冷淡春，回头遮莫问前因。教侬生作此中人。一世愁删和雪剩，双肩月约与花分。东风况作水波纹。

来已无由去绝津，初曦园子每如新。泥他草木旧家亲。竹竟何心书个个，月多无地看人人。早知冰雪半埋春。

啼笑余情识此身，争能留命报天恩。几多年印几春温。蚀梦成灰留砚凹，生年如纸近灯昏。可怜春色不能餐。

孙书玉（1965— ）

现居北京。自号绮梦楼主。居庸诗社发起人之一。

客扬州

水面波轻动画舟，垂堤杨柳渐青柔。
五亭桥带莲花影，一塔阴埋客子忧。
眼底西湖缘瘦美，风前芳草自娇羞。
寻春何必春三月，只在江南烟雨楼。

邵鹤庭

过隋炀帝陵

是日无云浮上天，望中高冢草相连。
虽言酒甸陵偏小，幸识书家墨尚鲜。
大业流芳均可纪，花心到底最堪怜。
东陂洗尽京杭水，也愧雷塘人面前。

念奴娇　梅岭

街灯如昼，只匆匆睇过，无眠今夕。此地光阴如上溯，多少先贤遗迹。议事樽边，论文座上，何得分宾客。梅开时节，岭前香气飘溢。

漫说明月扬州，二分长是、当日苌弘碧。自古风流流不尽，岂止江南江北。笑我多情，知君重谊，莫累双飞翼。余生应教、酒中诗里将息。

于文清（1967— ）

字映碧，号香南，江苏镇江人。镇江市书法家协会副主席兼秘书长，多景诗社社长。

三过片石山房

一春三访石涛家，住此如何号苦瓜？
想是画奇人自古，叠山端为养烟霞。

梦扬州

富贵神仙两不知，寻常巷陌雨如丝。
吴笺蜀素香于蜜，翠袖青衫瘦似诗。
万树琼花初放日，一帘幽梦未归时。
人生合在扬州老，做个扬州老布衣。

熊作明

运河怀古

大业今安在，一渠千古流。
秦城空冷月，洛水有新舟。
骨发千年树，香迷几代楼？
烟花多少事，落日水悠悠。

徐学帅

晚雨过八怪纪念馆

作怪呼嗔不亦痴，标新立异岂堪奇。
风流多少凭吹去，都是当时未合宜。

南城门怀古

落寞雄关何处寻，洒金桥底碧沙深。

三重城阙催兵火，六水湾澴息暮砧。

十日何堪漂血杵，丈夫足以敌人心。

倩君试向残砖听，犹自铮铮啸铁音。

满江红 宋夹城怀古

烟柳盈盈，波光里、游人如织。听人说、金戈铁马，山河半壁。红药青丝春不胜，废池乔木归佳迹。或斜阳，几个牧童儿，吹芦笛。兴和废，空相忆。风与月，谁家的？及时须行乐，

只争朝夕。两耳羞闻身外事，一壶酒易平戎策。莫犹疑，回首百年兮，驹过隙。

严元星

仁丰里四首

古巷深深夕照斜，短墙低牖就梅花。
铃声绕过旌忠寺，岁月真如脚踏车。

青砖石板各咨嗟，户对门当映晚霞。
太傅庭前余照壁，墨痕尽显旧繁华。

转角高梧歇晚鸦，披襟不觉月如纱。

灯明次第人行远，曲直来看八字衙。

千年文史尽堪嘉，兵燹遭逢见迩遐。

一岁新元将又至，小秦淮水涤陈沙。

夜走广陵桥下

明灯欲破夜之樊，素月睽孤吊木轩。

江水空流玄渚隐，野风不忮软尘喧。

几声虫吠泛萍叶，半树花英落石根。
熠熠前身犹在目，倏时不觉近中元。

周冠钧

访福慧禅寺传为山光寺旧址

山光何处是，碑勒佛心同。
名迹流传后，巍峨想象中。
龙舟分水到，彩帜漾天穷。
千载人间事，萧然独问风。

咏扬州大王庙

水凿城开不世功，江淮坐望霸图中。
擅山海利始能众，薄赋敛为堪自雄。
无尽干戈千岁过，可怜史册几篇同。
门惟面北何须论，长抱初怀独向风。

唐多令　辛丑白露扬州城即将解封

疫尽晓风清，秋高白露生。渐纷纷、桂子香盈。

耳畔寒蛩鸣不住，元不是、断肠声。鸿雁渺天青，云霓入水明。算年来、回首休惊。莫负繁华千古事，二分月、一城灯。

满江红　东关街

扬州东关街口，为东门双瓮城遗址，设东关古渡，昔客由此可达四方。思白石之篇，聊以赋怀。

挹古涵今，芳草里、翻成虚白。沧波外、繁华欲主，往来南北。鼓角争鸣烟火恨，旌旗遍染丹心

碧。对残垣、照影画金戈，龙蛇迹。天宇大，人间仄。春不语，风犹直。问当年黍稷，为谁悲积？倦看流云生蝶梦，偶闻深巷飞邻笛。到楼边、几树紫薇花，红如昔。

昼锦堂　与平山诸友登平山堂有怀

疏竹摇风，苍松蔽日，远山来与堂平。架上紫藤荫泻，隐约秋声。太守文章新故事，坡仙道德旧才名。人重到，朱槛霞窗，光阴至此空

凝。蝉鸣。身畔过，清听满，相寻泉壑忘形。认得碑前御字，一笑云轻。十年奋翮何曾忘，几回把酒不须惊。红尘外，饶对江山如此，早付鸥盟。

水龙吟　文昌阁感怀

往来万象如宾客，车水人潮无数。时空汇合，繁华迢递，楼台今古。夕引霞披，迎风送月，茗星饮露。对南北长街，谁人曾记，汶河畔、

烟波路。依约竹西歌舞。恰多情、盈盈深处。朱颜绿鬓，功名事业，都成几许。芍药方开，玉琼渐落，不堪春去。爱红尘梦软，翻飞雀影，与流光住。

满庭芳　登文游台怀秦少游

积土台高，交柯枝密，任它深绿相从。旧斑新渍，苔径引游踪。且傍淮壖烟水，早消得、竹茂花浓。拾阶上，虚堂静掩，蝉叫绮窗风。云

鸿。曾到处，平生憔悴，亘古情钟。算丘壑长闲，世事犹同。谁认潇湘路远，宿孤馆，忍对梅红。文章在，人间换却，此梦又重重。

满庭芳　观射阳湖镇古邗沟遗址并游古街感怀

人物犹回，时空欲止，远村烟树微茫。南风去处，古邑染云光。一水凿开千载，料已泛、藕韵菱香。轻波动，纤鳞出没，不见打鱼郎。思

量，邗上事，消磨霸业，过尽帆樯。到如今，空教燕子双双。更向石桥悄立，望两岸，楼舍新妆。门檐下，谁家老妪，摇扇坐乘凉。

满庭芳　扬州春怀

催柳堆烟，飘琼胜雪，韶华占断春幽。园亭佳处，芳事得相酬。遥望一湖水瘦，想依约、友鹭盟鸥。待邀醉，平山堂上，天地豁吾眸。悠悠，千百岁，文章丘壑，明月高楼。更怜取，长

街灯火如流。好趁满城花影，歌不尽、今古温柔。东风起，巍然气象，信美在扬州。

注：

此词获2019『我心目中的扬州』扬州诗词节全国诗词征集活动一等奖。

常世清

思维扬有寄

月入轩窗冷，灯残白壁寒。
闲情难胜酒，寂寞怕凭栏。
风过花先瘦，愁来心不宽。
小园梅著未，可取一枝看？

减字木兰花　由宿迁至扬州

车过六洞，人近江南春色重。雾薄云纱，村郭天低野草花。　诗心交付，淮左人家听雨处。走马秦筝，得此闲情终一生。

沁园春　瓜洲怀古

择日安行，何处江山？十里扬州。惜楼台无数，仅存廿四，烟花几许，早绝瓜洲。将相云

烟，王侯过客，古渡长江水自流。登临望，见浪飞白雪，波卷沙鸥。

身闲不论春秋，好无事霜天垂钓钩。顾琴弦丝竹，凤鸣宫阙，雕弓锦箭，马射吴头。算得痴情，何曾惬意，病使江南艳色休。多少泪，恨朱颜尽改，金缕难求！

杨敏

虞美人

癸巳三月二十五日，同学小聚扬州，重游东关古街。昔日老街与母校只一墙之隔，一街一巷都是青春记忆。

别来谁问春深浅，草色犹青眼。竹西古巷碧云闲，却道重逢已是数年看。垂杨桥畔风如水，脉脉牵衣袂。前尘往事渐无痕，回首满城烟雨欲黄昏。

扬州慢　重过扬州

柳下维舟，竹西呼酒，重来已是经年。认修篁曲径，听老树初蝉。倚栏望，烟迷故阁，雾笼津渡，寥落湖山。镇无言，风雨楼头，依约筝弦。

玉箫梦远，更何人，轻语桥边？奈倦水流香，幽花着露，影事阑珊。谁识江南过客，空销领，聚散无端。念沧波南浦，斜阳又送归船。

陈斌（1972—　）

江苏扬州人。别名双鱼一生、沉冰。现居北京，传媒及娱乐策划人。

诞日感赋

豪情曾击珊瑚碎，几度蓝溪邀月醉。阅尽扬州三月花，花牵幽梦入谁家？扪腹诗书藏万怪，雅谑清谈平生快。尝临孤屿叹逝川，佳人偏在画中观。凉夜爱取秋烛剪，芙蓉浅，蒹葭远。

砚上难得笔一枝，枕畔常是书半卷。何当跨鹤履云游仙苑？携归凌浪济川舟、斩鲸倚天剑！梨雨每湿红衿燕，新词惯歌瑶瑟怨。喜听雨打荷，喜看鱼吹浪；喜饮酒百觥，喜写云千嶂。渐觉今春久寂寥，阑珊风露立中宵。呜呼！赖有狂名作狂客，狂客自负无尘色！问有谁能闲似我？最高枝上梅数朵。闻琴兼操棋，适时各得所。环珮响，星初堕；筝柱停，蟾影破。野旷高歌无人和，拂窗竹叶皆斜亸。天公为启横江锁，一十五年流水滔滔过！

莺啼序　春晚感怀次梦窗同题词韵

娉婷几回燕子，扑雕梁朱户。帘栊隔、墙外佳人，可曾初解伤暮。怕回首、荼蘼谢了，恹恹独倚黄昏树。问如何、一笑凭栏，淡似烟絮。

醉里殷勤，灯前缱绻，湿中宵寒雾。把离恨谱入琴声，迢遥香笺纨素。正东园、丁香晚结，幽蛩冷、绛裙蓝缕。记密游，盟共浮鸥，约兼汀鹭。

半桥湖瘦，十载霜清，久作扬州旅。红药泪、悄染堤柳，又听鶗鴂，倦说愁

心，漫言疑雨。迷茫旧梦，轻盈软语，晓窗多少飞花色，锁渔舟、不许芳春渡。平芜尽处，残阳衰草青山，逝水微云黄土。流莺去后，夜夜登楼，剩篁边遗苎。懒收拾锦衾涕唾，杜宇冥魂，霁月凉辉，竹枝韶舞。修廊揽镜，新来腰减，相思待写无只字，甚幽幽哀曲萦弦柱。谁招前度刘郎，再种仙桃，问伊知否？

涂运桥（1972— ）

生于武汉，祖籍江西临川。著有《楚成诗词集》等。

扬州怀古

廿四桥边阵阵风，歌楼销尽国魂空。
梅花岭上千秋月，曾是伤心照史公。

数点梅花听雁呼，二分明月白云孤。
千秋忠迹存寰内，气壮山河伟丈夫。

韩林坤（1973—　）

女，山东济南人。工程师，供职于山东铁路局。

望海潮　扬州怀古

风来淮海，烟生古渡，风烟回荡江都。桃柳两堤，楼台一路，名园尽掩扶疏。万户上灯初。正衣熏香雾，水养冰肤。依约笙歌，杜郎薄幸问归无？伤情瘦损西湖。叹锦帆匝地，陵墓生芜。阁部千秋，扬州十日，梅花岭上唏

嘘。几度起兵余。衰极翻荣极，此亦天乎。人

道青砖古巷，曾见有龙居。

杨 洁

咏扬州大王庙

邗水清茫一目横，两吴旧事已然更。
曾依山海兴多利，自恃江淮费苦营。
不信霸图蕉鹿梦，遂令天下甲戈行。
面南面北今无谓，空话大王千载名。

游汉陵苑

上乘风水可居神，不欲君王梦付湮。
楠木千年真未腐，玉衣数片实为珍。
汉家陵阙宛如在，故国封疆约略陈。
可惜靡民膏与血，依然难贮一尸身。

清平乐

辛丑重阳，无兴远足，行砚池南，登梓翁亭侧琼花小丘。丘不高，与土岸相接，亦可俯视一池残荷。地无茱

萸，琼花朱籽亦可仿佩。对此云天，空多寂寥，作小词，以应重九清节。

风流云皱，一地秋凉透。篱上新黄疏雨后，与我一般清瘦。　向此高下陂塘，漫寻岁岁秋光。惟愿少时花气，重来溢遍坡阳。

王海亮

己丑夏日初到扬州

烟波一卷水东流，廿四桥头月尽收。

我至西湖春已老，箫声不是旧扬州。

扬州古运河怀想选三首

波回春水转明眸，杨柳年年惜旧游。

销得江南风月尽，低徊箫管送行舟。

烟波画影水中纹，过尽流年变幻身。

一曲箫凉吹月落，销魂那个是词人。

千年古渡锁江头，十万云帆覆水流。

烟雨画桥春似旧，依然暝色入高楼。

张自军（1975— ）

江苏邳州人。现供职于徐州市行政审批中心。著有《照水集》等。

临江仙　乙未春回扬州

二十年前曾过，今朝春里重回。瘦西湖畔绿杨垂。那时明月好，不见彩云飞。桥上游人惝恍，城中灯火迷离。更深休听玉箫吹。并州刀剪快，裁得几声归？

展旭强

梅花岭谒史公墓

南风不竞北风驱，碎却扬州作楚墟。
但有腥膻争塞路，已无天地可容居。
波沉白骨千年恨，梅证丹心几页书。
长揖冢前惟太息，英雄何计学樵渔？

晚至瓜洲

长空鸟曳锦霞残，我向瓜洲吊逝湍。
劫火曾烧争鹿地，离舟难系断肠滩。
倚烟石听潮声老，浮月江分暮色宽。
欲渡情天无处渡，空余浩渺送悲欢。

念奴娇　游邵伯拈韵得邵字

文游胜地，喜春深时节，苏黄曾到。旧巷横

斜烟水里，十万柳遮花绕。蔽芾甘棠，无言有意，应记临风啸。当年谢傅，素怀高仰周邵。还似俊逸来时，涵天大泽，放眼开襟抱。羡煞渔人横绝处，载得满船斜照。自笑营营，何妨踞石，且作陵阳钓。蒹葭壶酒，倚云看尽归棹。

水调歌头　登文峰塔

久瞻无量塔，且幸得恣游。须臾尘外，无限云

色掩高楼。乱耳飞檐铁马，举手扪天叩日，足下是扬州。澄波涌千尺，三折入江流。高风里，嗟华发，看沙鸥。浮生一刹，却道此意与谁谋？若为寻因觅果，更共谈空说有，难解古今愁。下界钟声晚，林表自悠悠。

李玮（1975— ）

甘肃渭源人，漂在北京。出版个人作品集《游走笔尖的宋韵》。

扬州慢　咏扬州

止步芳阶，落弦檐影，苍苔绿上孤琴。瘦西湖十里，问故事何寻。最是那、亭堤柳色，絮飞如雪，淡了如今。读黄昏、抚段从前，偏触词心。

鹧鸪断续，几年来、捧卷窗阴。倚

一滴残珠，三分宋韵，字里消沉。二十四桥凝霁，故人远、云水空吟。念多情时候，琼花别到衣襟。

李彦

山光寺遗址

隋波久不渡帆帷，香火消沉客亦稀。
杂草芜生檐壁上，当年曾挂老僧衣。

永遇乐　瓜洲怀古

重觅先踪，空留残迹，题笔人杳。卷浪惊风，

浮枝渡鸟，也拟扶兰棹。尘衣未解，争怜苦旅，秋水一声长啸。算当年、群帆胜雪，剩此渡头余照。

前朝已没，他年无我，终是事随人了。暂有清欢，岂忧来日，况不长年少。向隅身避，关山障水，千古那堪凭吊。只贪他、壶中日月，醉时潦草。

王云平（1980— ）

吉林松原人。

游瘦西湖感怀三首

万顷平湖总是春，千年文脉有其因。
孰知西子沉鱼貌，不属今人属古人。

一片天然岂用裁，仙家画卷为君开。
湖山应晓诗人至，更着扁舟载月来。

又是撩人柳絮风，流连复醉岸花红。
当年西子横桥影，犹入春宵睡梦中。

王丽娜（1980— ）

女，就职于上海市徐汇区华泾镇人民政府。

咏扬州二首

看遍江南风景好，今生不负广陵春。

蓝桥绿柳红烟紫，唯有琼花淡雅真。

菱歌唱遍江南好，廿四桥头月色柔。

十里春风皆意趣，人生最爱是扬州。

肖腊梅

高旻寺感旧

劫尘初寄岁何从，解作岫云春复冬。
月冷长河渡归雁，花开般若对晴峰。
偶因断楮思犹乱，未证旃檀酒更浓。
勘破此身还绮愿，当时野约草蒙茸。

浣溪沙　运河怀古

千古邗沟勋业恒，流年原不问浮名。繁华几度断潮声。

杨柳楼台帆作影，斜阳渡口水无情。为谁击楫到芜城？

被花恼　何园忆旧

濛濛雨过曲栏东，苔影石阶凝碧。最是红蕖锦鸳出。云山岫冷，烟波蕊动，迤逗江南笛。凭

逸冶，趁芳怀，为谁相忆初相识？妆懒殢人娇，争媚年华绮窗侧。愁鬟渐老，未挽连娟，染就青丝白。叹天涯几转一襟闲，向何处、商量旧消息？任纸帐，梦里香痕风寂寂。

扬州慢

江影横空，山容隔岸，千年逐尽潮声。写烟波如画，向城郭娉婷。叹不尽、春风十里，莺花作伴，闲坐调筝。过襟前、诗酒频邀，来许

鸥盟。旧时阆苑，数繁华、犹羡簪缨。更汉墓隋宫，巍然高旻，月色相仍。换取而今尘远，霜柯外、偏梦归耕。看长天寥阔，朝云又起觚棱。

任美荣（1984— ）

女，山西朔州人。朔城区滋润联区教师。

扬州梦

醉里江湖不计年，归来花好白云边。
丝丝新柳浮风浅，步步金莲顾影怜。
无赖三分多少梦，有情两处自由天。
小筝暗许芳华意，红袖楼头枕月眠。

潘爽（1999— ）

江苏扬州人。在校大学生。

分韵得碑口占过炀帝陵

溘死雷塘志已违，可堪身后接奇悲。
倘因循晋王风气，会有人间堕泪碑。

五一回乡途中

泠风满袂下扬州，新著黄昏天气秋。
人过平山大明寺，水敲东阁古邗沟。
惯行道路逢宾客，漫说闻名作远游。
一览纷纭归眼底，何如闲日话清幽。

黄珏闲居

小朵经年绽绮罗，少时河水泛清波。

人生却似长龙去，岁月真如走马过。
本欲忘机研篆字，不禁踱步殢花窠。
苦萦朝市奔波里，偷得田园趣味多。

三、人文篇

邵力子（1882—1967）

浙江绍兴人。清末举人，同盟会会员。建国后，曾任中央人民政府政务院政务委员。

史可法阁部诞生三百六十周年纪念

巨星临叔世，大节历艰关。
久抱师门恸，难回国步孱。
芜城刑白马，梅岭瘗玄冠。
异代昭忠烈，长辉一片丹。

郭沫若（1892—1978）

四川乐山人。现代文学家、历史学家。曾任中国科学院哲学社会科学部主任、历史研究所第一所所长、中国科学技术大学校长、中国文联主席等职。

史可法诞辰三百六十周年纪念

国存与存亡与亡，巍峨庙貌甚堂堂。
梅花岭下遗香在，铁煩何时返故邦。

《百花齐放》剪纸集

扬州艺人张永寿，剪出百花齐放来。
请看剪下出春秋，顿使东风遍九垓。

朱孙蕃（1892—1962）

字庶侯。江苏宝应人。清末任法部举叙司主事，建国后任江苏文史馆馆员。著有《松袁吟稿》。

癸巳重九平山堂登高

衰颓犹剩酒肠宽，高会平山且尽欢。
登陟最宜携短杖，遨游谁复戴峨冠。
江澄波影鱼龙寂，天落霜痕雁鹜寒。
一自渊明爱重九，年年黄菊待人看。

任中敏（1897—1991）

中国词曲学家、戏曲理论家、敦煌学家。原名讷，曾用笔名二北、半塘。江苏扬州人。博士生导师。获国务院『为发展中国高等教育事业做出突出贡献』奖。

一半儿　扬州四首

几生修到住扬州，绿满城闉絮满楼。小巷莺声滑似油，殢人留，一半儿烟花一半儿酒。

几生修到住扬州，越瘦西湖越浪游。画舫珠娘艳迹幽，小风流，一半儿荒唐一半儿有。

几生修到住扬州，贱买春蔬到北畴。小雨如酥入夜稠，剪新头，一半儿茼蒿一半儿韭。

几生修到住扬州，小憩河房索润喉。亲手美人碧玉瓯，嫩排秋，一半儿鲜菱一半儿藕。

丁宁

南歌子

索居无俚，缀扬州土语，忆湖上旧游，兼怀船娃小四。

小艇偏生稳，双鬟滴溜光。几回兜搭隔帘张，却道凫庄那块顶风凉。

杨柳耶些绿，荷花实在香。清溪虽说没多长，可是紧干排遣也难忘。

南歌子 晨起缀扬州土语

点个风儿没，丝毫雨也无。讨嫌偏是鹁鸪鸪，冷不溜丢花外一声呼。

索度邻家妪，唠叨故里书。大清早上费踌躇，无理无辜耽误好功夫。

林散之

春日访陈含光故宅二首

门巷依稀在，斯人不可寻。
迢迢君去鲁，寂寂鸟归林。
海峤云宜薄，书堂梦自深。
平生秋暑字，一忆一长吟。

自注：

君邗江人，博学能文。君著秋暑辞，瑰丽雅赡，

不减汪容甫。

四十年前事，扬州二月时。
一湖同放棹，十里共寻诗。
仆仆花如昨，迟迟日已移。
人亡琴亦碎，惆怅鬓成丝。

有谒

迤逦一径来，峨峨瞻宫阙。

云是史公祠，一一寻遗迹。
扫除旧污秽，博物新陈列。
寂历感岁时，文字吊残缺。
千秋孤臣泪，十日扬州血。
魂留古岭梅，心冷墓门月。
年年鹤不归，夜夜鹃同泣。
历史断时代，斯人成罪孽。
可怜忠国心，谁肯颂遗烈？

窦止敬（1903—1993）

江苏南通人。曾任苏北农学院图书馆馆长。著有诗文集《蕉窗拾零》。

湖上消夏

绿杨影里绿杨村，水面风来欲醉人。
聊与湖山同晚翠，一天新雨洗轻尘。

赵朴初

鹧鸪天　迎鉴真大师像归国

鉴真大师像将回国巡展，敬拈此调以表欢欣伫望之诚。

奋入狂涛不顾身，终携明月耀天平。千秋德范存遗像，万里香花结胜因。　今古事，去来心，海潮往复两邦情。故乡无数新新叶，待与离人拭泪痕。

吴晗（1909—1969）

浙江义乌人。现代作家，历史学家，教授。曾任北京市副市长等。

史可法诞生三百六十周年纪念

其一

四镇兵骄类溃疽，岁除犹自治军书。
相公此卧真难得，将佐庭参五鼓余。

其二

马阮鸱张国已倾，独倡忠义守孤城。
时穷节见真男子，十日扬州共死生。

章石承（1910—1990）

江苏海安人。扬州师范学院副教授。

陇头月　癸酉中秋

湖水凝烟，波光荡影，群鹤翩翩。枫叶芦花，一年容易，景物依然。今宵月满中天，莫道是、幽人醉眠。廿四桥头，箫声隐隐，吹上眉端。

程千帆（1913—2000）

原名逢会，字伯昊，别号闲堂。祖籍湖南宁乡。中国著名古代文史学家、教育家，南京大学教授。

参加维扬烹饪艺术诗画活动率赋

其一

平山堂下木兰舟，侧帽轻衫念昔游。
今日白头重振策，新扬州胜旧扬州。

其二

煎金破玉多风味，万选青钱绝辈流。

可是徐凝无口福，二分明月忆扬州。

周育体（1915—2006）

江苏泰州人。文化工作者，中国戏剧家协会江苏分会会员。

人文荟萃古维扬选二

讽喻文辞笔有铓，广陵风物细评量。
盐商富贾科名家，写入儒林外史章。

游踪曾驻孔东塘，梅岭春来树树香。
一折沉江无限恨，桃花扇底论兴亡。

李廷先（1918—2003）

河南孟州人。扬州大学教授。著有《唐代扬州史考》。

题自撰《唐代扬州史考》

中原扰攘起烟尘，都说广陵无限春。
二百年间诛索尽，独编旧史吊生民。

金启华（1919—2011）

原籍安徽，客籍南京。古典文学研究家。南京师范大学中文系教授。

浣溪沙　听扬州评话

风入高楼夜未央，评书静听意何长。此艺自古数维扬。　打虎借风呈绝段，推陈变化放光芒。少堂不老重华强。

徐衢（1922—1995）

江苏阜宁人。曾任绿杨诗社副社长。

咏扬州八怪选六

郑燮

扬州八怪艺林骄，三绝名高郑板桥。
疾苦关心情脉脉，挥毫写出竹萧萧。

黄　慎

人物衣冠有废兴，情怀奔放至今称。
神魂飘没多狂草，淡泊生涯老更能。

李方膺

三君白下名园占，万树梅花任崛强。
归去海陬甘隐退，横斜疏影发幽香。

金　农

半百年华始写生，自成一格惹人惊。

圈圈梅朵方方字，古朴居然物外情。

汪士慎

空里疏香发一枝，动人诗兴几人知。

玲珑山馆茶清澈，瞽叟豪情胜瞽时。

罗聘

朱草诗林绿一围，多情蒲柳也芳菲。

清贫羁旅难归去，鬼趣图成世俗讥。

喻蘅（1922—2012）

江苏兴化人。字楚芗，号若水，晚年自号邯翁。复旦大学教授。

卜算子

扬州职业大学蔡文锦教授惠赠扬州已故女词人丁宁《还轩词》四卷之复印本，读后深为词人之凄婉词华与身世所感动，爰赋此阕以谢蔡子。

昔在忍寒庐，闻说怀枫①事。千古扬州幽怨

多，泪滴珍珠字。　今日读《还轩》，更识愁滋味。九阕玉楼春漠漠，曲笔抒心史。

注：

①怀枫：丁宁字。

孔柔（1923—2022）

原名孔繁玙，字韫哲，号越仙，山东曲阜人。中国作家协会会员，曾就职于《收获》文学杂志社编辑部。著有诗集《桴浮集》等。

广陵游选一

聊作芜城三日游，文翁指点气相投。
个园谁惜千竿翠，梅岭人嗟万木秋。

闲话繁华寻画舫，新编史事入歌楼。
卷帘不见隋宫柳，喜见瓜洲灯火稠。

李秋水

扬州八怪颂

非仙非佛亦非妖，板桥先生乃画豪。
抖擞数竿竹萧萧，撑天立地领风骚。
心出家庵解皈佛，道在笋煮花猪肉。
老梅清瘦寒澈骨，画好春灯卖不出。
别具只眼罗遁夫，云能见鬼语非诬。
人太寥落鬼太多，戏写变相鬼趣图。

复堂丹青臻神妙，一笑掷去乌纱帽。
象外传神称独到，画鸡画出鸡儿叫。
生涯落拓风又雨，万梅花里一诗翁。
垂老失明画益工，人间信有天眼通。
五岳堂前二分月，老鹤高翔殊落落。
扫除魔障耽禅悦，遗墨欣瞻弹指阁。
晴江罢官无拘羁，借画写意疗其饥。
天机涌出墨淋漓，愈遭摧折愈离奇。
慧眼读书祛魔障，心观万象穷其状。
瘿瓢笔力尤跌宕，激起广陵涛十丈。

水之江汉山泰岱，艺苑堂堂扬州派。

法我法兮画我画，赵王吴齐低首拜。

关水青（1934— ）

江苏扬州人。曾任职于中国水利水电第四工程局。出版《湖山清吟集》。

村居杂咏

湖边旧屋是吾家，半读半耕还莳花。
闲种菜蔬情不已，墙头犹挂老丝瓜。

熊百之

魏师忌辰周年有感

每忆风神宛如昨，算来已动隔年期。
金丹赐我《韭花帖》，吟社呼公一字师。
遗墨灯前只独对，好诗案上总相思。
伤心忍近旧门巷，不是当年立雪时。

徐中秋（1948— ）

浙江台州人。高级讲师退休。浙江省诗词学会理事。

著有《望峰楼诗文稿》《滴水集》。

踏莎行 廿四桥听琴

画舫凌波，柔丝拂水。花间亭阁浓荫里。吹箫女去问阿谁？长湖渺渺天无际。仙乐烟微，东风香细。珠帘一动撩人意。楼前游子醉如痴，楼头轻拨纤纤指。

鹊桥仙　游扬州

桥头玩月，长街访胜，寻觅隋堤古意。平山堂上望中收，禁不住、吟红咏翠。浓情似酒，轻歌如梦，三万扬州佳丽。琼花未识恨无缘，辜负了、春风十里。

王冰（1952— ）

网名幻庐。原籍陕西西安，现居北京。居庸诗社发起人之一。书画印俱工，曾长期在中央电视台编导拍摄书画教学及艺术家介绍系列节目，并主讲篆刻课程。

药栏

潜行廿四桥，廿四风攘遍。
离人良可赠，熙春居后殿。
一代归花王，容与花相善。

泥花每疗饥，按谱排华馔。
红药亦将离，重把芳醪饯。
春迟呼不出，倏欻惊逝电。
颜摧镜里朱，即添新酒面。
莫使强言悲，临风相舞忭。
吹箫老词仙，拍领《扬州慢》。

陈仁德

扬州有唐代古槐，枝干半枯而绿叶婆娑，传为槐安国之原型

枝干如铁又经春，游客纷来辨假真。
惟有老槐无一语，笑看代代梦中人。

张荣彩（1953— ）

笔名子川，江苏高邮人。中国作家协会会员，一级作家，原《扬子江》诗刊执行副主编。

次汪沆韵记写瘦西湖冬

钓台雪褪现新芜，颠倒红泥醉饮图。
长睡不知寒气重，梦回桃柳瘦西湖。

范诗银（1953— ）

空军大校军衔。现为中华诗词学会宣教部副主任、诗教委副主任，《中华军旅诗词》执行总编。曾出版诗集《天浅梦深》《响石二集》。

扬州慢　扬州步姜白石韵三首选二

诗意扬城

料峭京华，烟花三月，清风助我诗程。负云随鹤去，醉水碧山青。步诸子、红桥踏月，翠

湖邀桨，古渡谈兵。弄银弦，短笛长箫，吹彻新城。九州富甲，越千年、重现堪惊。便十日痕消，尘弹香袖，好叙幽情。晓韵所依何谱，桃枝乱、帘卷春声。看连天帆举，倾江正是潮生！

烟花西湖

柳试鹅黄，琼张朵小，兰桃争报春程。赏红桥嵌绿，过妩屿藏青。度牙板、波分楚带，扇摇吴水，越将淮兵。惜东坡、颌抵平山，茶冷

扬城。　二分明月，照无眠、往事当惊。掬波上流光，轻烟如幻，谁个痴情？梦里湖光诗眼，皆应寄、一桨云声。看天边风起，悠然歌自心生。

杨炼（1955— ）

生于瑞士伯尔尼，祖籍山东。六岁时迁居北京，朦胧诗代表人物之一。现定居伦敦，从事文学创作。

红桥修禊再次汪沆韵赠金子海兄

琼荫渺渺泣寒芜，秋寄荷声归渡图。
枕底玉楼银汉小，浮生窈窕瘦西湖。

杜海（1955— ）

江苏扬州人。曾任扬州市作家协会主席。

次韵和炼兄《红桥修禊次汪沆韵戏赠扬州雅集诸友》

秋光冉冉潄晴芜，红树烟花妍画图。
漫惹天涯风雅客，相逢一笑瘦西湖。

刘水

富春四咏选三

花咏

百二年前一朵花，秀来得胜好人家。
春光红透绿杨陌，系住天南地北车。

茶咏

三山翠色望中殊，影入垂杨绿一壶。

颠倒芳心清彻骨，谁人不识魁龙珠。

菜咏

红白三头助酒威，水晶肴肉箸端飞。
八方知味闻风乐，一入淮扬尽不归。

陈社旻（1958— ）

生于江苏靖江。居扬州。《美术家》杂志社副主编、北京现代名流书画院院长、南京书画院特聘书画家。

甲午端阳客次扬州靖庐

双东迹地鸡鸣雨，一介书生马驮沙。
大道无门空著相，孤山不语独为家。

吴进荣

南歌子　东关街吹糖人

古巷春风暖，新年手艺奇。抽来竹箸绕糖泥。生肖千姿幻化、任他吹。

老叟凝眸悦，垂髫驻足迷。休嫌央视播音迟。犹看夕阳轻隐、晚霞飞。

金缕曲　庚子国庆中秋双节看运河灯船

玄兔凭空白，泻轻霜、曲栏凝露，柳梢留迹。连串兰船频穿碧，流彩浸波千尺。起新浪、溅衣几滴。犹看徐行桥下过，水岸牵，倒影龙宫汲。者境界，谁能敌。

须知数载中秋日，望芳舟、只听乡韵，时观锦帛。惟有今朝樨香漫，双节悄然合璧。且圆梦、既成良策。浑若五湖经风雨，似陶朱，兴国民堪得。拟作个，逍遥客。

张焱（1962— ）

辽宁辽阳人，出国前居安徽马鞍山。曾任马鞍山市诗词学会副会长。现居加拿大。

下扬州

好风送我下维扬，山色清明水色香。
几树桃花分暖雾，一城杨柳散春光。
正肥堤草千重绿，未瘦西湖十里长。
最是五亭桥下月，夜来还忆北窗凉。

顾康华

观张爱萍纪念馆

将军松下忆将军，马上诗人天下闻。
解甲田头共甘苦，扫盲社教细耕耘。

北山党史馆感怀

打磨京汉旧伤疤，只为平安社稷家。

虽说连年烽火急，枯枝侧畔有新芽。

漫步仁丰里

触摸一段旧风情，黛瓦青砖伴鸟鸣。
心隔喧嚣知大拙，原来至简是人生。

李静凤

【北正宫】端正好 题扬州小觉林麻花

［端正好］过斜桥行在梧桐巷。旧门楣百载炎凉。釜中非是闲盐酱。平素里降魔障。

［滚绣球］细搓来玉绳柔谷气香。恰堆来滚油酥色金黄。又只见慈悲散花空相。脆琉璃怎起座织女云房。这形儿可牵得勒马缰。这味儿可阻得跳佛墙。念一声菩提无恙，拜一个大士心

肠。脱胎换骨非虚诳。才化了丹丘赤凤凰。都

供在萧寺斋堂。

［煞尾］蜀冈钟鼓清，绿杨城郭广。唤琴樽共

多少年时况，管一番秋月春风客过往。

【南仙吕】嘉庆子套　奉题扬州富春

茶社

维扬胜境堪细选，（最数这）杨柳东风富丽

园。百岁芳名传远。春满殿、理丝弦，穿古

巷、漫留连。

尹令

沉醉常开佳宴，（似）春晖冬颐（各）清倩。

长夏里（里）沁心冰荐，高秋（时）瑞风金

苑。（看）堆案香云，满座花光，（别样的）

四季天。

品令

烹龙爨凤，（滴）翡翠色娇妍，乾坤包举，（蒸）珊瑚活生鲜。（匀妥得）三丁玉纤，干丝（赛）绣线，饼糕千层面。奇珍异品，箸底云翻霞卷。（怕的是）狮粉湖鲢，（摆）不尽瑶池祝酒筵。

豆叶黄

（一杯）清茶啜饮，（蓦地）亚似神仙，（问）何如三昧真传？（夺）魁首龙沉珠辗。花飞雪霰，虹栖露泉。（只）赢得羽生欢忭，（只）赢得羽生欢忭。临风飘然，顿忘尘喧。

六么令

海屋停辇，看来往嘉朋并肩。画楼台掩映明

窗，好景年华。四壁生文风墨雨，（说不尽古今中外）轶闻情缘。（爱煞这）烟火人间，愿千里相共婵娟。

梁明院（1964— ）

女，江苏扬州人。曾任扬州市江都区旅游局局长。

吴桥赏月小记

今夜何来赏月人，云移花影最销魂。
草深露湿虫鸣起，痴立中宵又一轮。

渔家傲

柳岸千灯连晚照，重楼霞映霓裳袅。画舫琉璃光影争窈窕。无昏晓，长河秋水丝弦绕。

幻来无限好，锦华一瞬催人老。诗酒花魂才子调。吟罢了，清歌归去平山道。

邵鹤庭

望海潮 平山十周年庆

平山堂上，栖灵塔顶，年年来往飞鸿。胪列尚书，风流太守，人歌杨柳春风。政简故清松。学高乖何事，老了诗翁。击鼓传花，赋诗题壁各匆匆。

新秋又到淮东，恰携来好雨，齐上西峰。山色隔江，湖鸥对面，翩然兀自从容。少达益多穷。述志谁言彼，尔后称工。但

愿浮生六一，相得古今同。

金缕曲　赋朴园紫薇

昨与木兄逛钟书阁，购书两册。其中《好莱坞之眼》因售罄，仅得样书，却也欣然。晚于得月楼小酌，尽兴而归。将眠，俄而又起，开机敲成朴园作业。

人曰螭龙状。负熊游，奔江归海，一般模样。予谓亦如骑牛叟，自打函关西向，但何物、能存心上。星斗文章天下事，恰鼓吹橐籥翻波

浪。中取执，免高亢。诗家散发三千丈。
计此生，浮名换了，浅斟低唱。奚奉昭阳光五
色，翻遣蛮荒烟瘴。直须笑白衣卿相。早市朝
歌辞屠狗，待翦商、盘点封神榜。底定策，凭
公望。

罗大平（1967— ）

女，江苏扬州人。爱好摄影、散文、诗歌。

扬州乡村新貌

溪岸争开野草花，晴空飞鸟影斜斜。
村檐一色排如阵，鸡犬不知何处家。

古运河

风过杨花别柳枝，千年流水写成诗。
蔷薇不管凡尘事，依旧春深笑竹篱。

北湖蓝湾二首

水清树碧鸟成群，四望高楼半入云。
此是人间最佳处，风声月语足听闻。

河上飞桥隔野烟，千家自得北湖边。
邻人相见时相语，满眼花开夕照天。

瓜洲芳甸二首

蒹葭自在舞轻风，曲水新楼一望中。
紫气东来驻芳甸，鹭鸣声里日当空。

白云舒卷共江流，碧草红花古渡头。
明月春风依旧是，咏歌人在最高楼。

黄海涛

登开元寺佛塔

开元寺里陟崚嶒，静倚浮屠最上层。
湖水涵空声寂历，江流入海浪飞腾。
香飘庭树呗音邈，客拜禅门心地澄。
未必摩天能脱俗，还须物外访高僧。

梅花岭谒抗清名将史可法

勒马飞驰在战场，空怀赤胆遇昏王。
征鸿南望悲残月，楚水东流下夕阳。
剑守城池甘作土，骨埋野岭亦生光。
春风不忘梅千树，万朵盛开清气香。

徐学帅

新虹桥修禊

万金销尽复奚疑，曲水如斯更待谁。
唱罢西湖高格调，吹成千面一人皮。
风开杨柳舒望眼，人立沧波逐酒旗。
沽得盛名花正好，而今修禊最相宜。

严元星

清代扬州经史家焦循

邃学如何见式微，此门可立雪霏霏。
雕菰楼上书犹在，半九塾中人忘归。
十载望城曾未入，一心立说岂堪违。
决堤水迫浑无视，端坐南窗笔自挥。

刘勇刚（1970— ）

江苏高邮人。扬州大学文学院教授、博士生导师。

扬州迎春

雪飞六出逗春禽，鹊踏枝头弄好音。
远水平芜浑不觉，东君取次缀花林。

汪曾祺先生百年诞辰，缅怀乡贤，感吟成诗

一代文狐百代师，银樽酹酒赋新词。
可怜大淖灵和柳，又待依依入梦思。

青州从事最怡人，说部纤秾自有神。
小李飞刀偏擅巧，由来异禀总藏身。

秦郎国士耀秦邮，越世高谈百尺楼。

好是龙孙绵万瓞，风吹湖水浪悠悠。

欣闻姚文放先生荣膺江苏省首届『十佳研究生导师』提名，夜半独酌，感吟成诗

绛帐传灯称祭酒，青钱万选属姚公。
书生报国千秋计，不写文章一句空。

周冠钧

壬寅端午次日，桐林琴社、绿杨诗社于仁丰里举行雅集。听琴吟诗感而赋之，兼寄奕庐梧桐院主人。

端午雅集

佳节仁丰里，快哉诗与琴。
琴能催古韵，诗且发高吟。
漫品盘中果，先题汉上襟。
操弦无俗调，拾句有清音。

枝压枇杷熟，窗含榴火深。
闲花多自适，骤雨偶相侵。
一抚兴流水，再弹惊远岑。
悠悠风入谷，扑扑鸟投林。
忍向阳关外，但思梅雪心。
骚魂怜此际，忠骨到而今。
笳苦声长在，鸿归意不禁。
路遥知老骥，柏翠遗余荫。
今日琴诗会，幽怀底处寻。
黄昏天雨落，吊屈又涔涔。

山花子　冬日仁丰里写意

转角单车倚复闲。流光半落粉墙间。线上雀儿
三二点，画中看。小巷人家曾旧识，老街
故事又新翻。袅袅梅花香雾动，不知寒。

山花子　阮家祠堂

巷隐祠高远俗尘。林泉自得染氤氲。最爱梅花
兼竹瘦，便同春。垒石昂藏清及物，凿池

深澈绿随人。二百年来时未已，与贤邻。

注：

此词获得2020年江苏省『清风徐来生态唯美』廉政诗词楹联征稿比赛诗词类三等奖。

鹧鸪天　扬州芍药

偎翠摇红傍水涯，镶金绽粉远人家。怜他自古情偏好，惜我于今意未奢。　香渺渺，梦些些。二分明月洗韶华。此花开始春花尽，君是

南风第一花。

水调歌头　游北湖湿地忆阮太傅

万柳堂西水，浩浩自涵虚。妙中堪比杭颖，三十二西湖。夏览莲花菱叶，秋品榛丛芦雪，风月不胜书。大泽龙蛇伏，隐者尽欢愉。看人物，都似昨，亦须臾。登高临远，云气往复有还无。且作放怀长啸，饶对冲天白鸟，生意更如如。非是沧浪客，安得学陶朱。

念奴娇

己亥暮春某日午后，约二三子登画舫游瘦西湖。时天色忽变，墨云夹雨，潇潇而至。遂与友守于舫中，品茗赏雨，四顾苍茫。湖内新荷泼翠，水鸟惊飞，生趣无限。吾取随身所带蓝调口琴，吹《天空之城》曲子，颇得会心之乐也。

桃飞李谢，恁潇潇、做了满湖烟雨。光射影摇杯欲尽，舌底噙香无数。浣翠荷新，翻空鸟直，竞向凉波住。画船人悄，漫听珠玉低诉。浮世

片刻欢娱，二三子外，更有谁相与。云涌天低城色幻，随我琴声来去。水瘦幽怀，风娆清思，荏苒春将暮。垂杨堤上，伞花忘却归路。

王桂金

端午扬州梧桐院听琴

六月日流煊，相约仁丰里。
有院名梧桐，佳卉竞旖旎。
诗琴共端阳，幽芬发兰芷。
弦上韵泠泠，语间才济济。
抹挑浑无羁，滚拂泻流水。
君道《阳关》情，我咏《离骚》意。

胡笳拍此心，古调逢知己。
清曲每悠扬，歌吟多况味。
半日一瞬间，恍若神仙子。
骤雨忽纷纷，且把尘怀洗。

小满日赴筝悦之琴约凑句

东傍竹西亭，南眺黄金坝。
歌吹古而今，潮动回而下。
何处约弦琴，棕榈依房舍。

石榴正花红，枇杷熟半架。
一袭素罗裙，满壁诗书画。
茶香白玉瓯，尘氛任飘谢。
指拨归去来，鸟啼春复夏。
习习晚风微，悠悠情难罢。
仿佛陶潜居，忘机在林野。
淡泊无所从，适趣就闲暇。
日暮不知归，檐灯照清夜。

仁丰里百年砖雕重现天日同题

尘封心事不由衷，只待今朝解语风。
砖上繁枝涔竹菊，庭中老井照榆桐。
书盈屋壁时时好，仁泽门楣岁岁丰。
指点墨庄传雅咏，杨花漫舞绕樱红。

如梦令　仁丰里夜行

夹巷花荣花谢，板石无声车罢。过客亦归人，

小驻谁家园舍。清夜，清夜，亮起红灯如画。

蝶恋花　仁丰里文创集市分韵得上字

茶隐竹

浓墨红联争共赏。接福童儿，喜把新年唱。满目珍奇谁造创？文心巧思追瑜亮。

林成过往。历代风流，仍是些模样。最爱素弦迎日上，悠然一曲梅花放。

徐飞

访高邮临泽法青村即景三首选二

水上

仄仄泥舟卧细伢，呼鹅叱鸭摸鱼虾。
日中粉蝶也无事，对对斜飞入菜花。

农家

五花大肉煮新瓜，白饭高堆绿韭芽。
爱听村官乡土事，菜根嚼罢索锅巴。

王小娟（1971— ）

女，江苏南通人。中学教师。

江南好　扬州忆

扬州忆，最忆是虹桥。一字栏杆红九曲，两堤杨柳绿千条。云在水中飘。

扬州忆，最忆是长堤。得气桃花频照水，牵衣柳絮竞游丝。人在此中迷。

扬州忆，最忆是徐园。白鹭张罗池上水，黄鹂

婉畤坐中弦。铁镬着春衫。

扬州忆，最忆小金山。念此峰峦何惜瘦，慕他烟水总无边。风月钓波环。

扬州忆，最忆个园风。不许繁花开次第，却教瘦竹护玲珑。春夏嫁秋冬。

扬州忆，最忆静观中。渐放镜头新视角，忽从扇底绣屏风。窗外牡丹红。

扬州忆，最忆钓鱼台。芦笛藕花秋管领，青天烟渚月安排。物候两相谐。

李军（1972— ）

天津人。出版人，天津楹联学会副秘书长。

扬州三十韵选十首

扬州月

琼花无计阻西风，逝水年年葬落红。
千古扬州多少事，秾华尽付月明中。

赵飞燕

燕羽参差太液池，水晶盘上舞轻姿。
韶华恐付秋光老，且唤春风次第吹。

上官婉儿

绝色昭仪恃睿才，风流百转媚千回。
可怜玉润斫轮手，怅画新妆一萼梅。

板桥竹

翳荟丛中立此君，清风点染韵三分。

一身高节知何处？半隐青山半入云。

史可法

鞑虏烽烟乱纪纲，督师碧血洒淮扬。
衣冠冢上忠魂在，也共梅花一脉香。

饭后钟

钟鸣饭后荡回声，每忆当年气未平。
笑看碧纱笼旧制，方知我佛重功名。

悲愁歌

边塞烽烟绕汉庭，乡关怅别自飘零。
燕支山外斜阳暮，一曲悲愁不忍听。

刘采春

莺歌婉转玉壶冰，欲掩悲凉已不能。
惆怅西风多少恨，感君一曲泪无凭。

广陵散

斯人已共鹤云深，案上空留凤尾琴。

莫道广陵成绝响，绕梁千载有余音。

雷塘

兴替何须问季咸，雷塘荒草自掺掺。
三弯渠水连江碧，无复香风助锦帆。

杨洁

过瓜洲渡嗟杜十娘

京洛仙姿绝尘芳，佳名杜嫐号十娘。自怜玉貌纨蕙质，岂愿将身付膏粱。一朝得识李家子，温文行止不寻常。交杯绣幄歌连曲，比翼春风诗并行。祈结同心永好合，鸳帐情绵话久长。巧施妙慧出泥淖，窃把余生托宝箱。恍如挣破蝴蝶梦，化为鹄雁共南翔。唱罢人间酸与楚，

待容蝉蜕水云乡。一心不意贰心藏，痴情偏遇绝情郎。礼乐簪缨金吾子，竟弃依身饲豺狼！船头怒斥悲天地，盒钿痛掷怆心肠。情真情幻已无谓，生与不生又何妨！红颜女儿宁薄命，青丝绾就抱沧浪。浪急萦漂罗带远，沙重长湮玉骨香。君不见，瓜洲渡头潮起落，白云千载黯神伤。

朱文莲

阮元家庙谒阮公

天地一明月，江河万古春。
文章通奥学，道义领时人。
举世经纶手，百年塑像身。
清风应感仰，日日拂衣尘。

高旻寺坐晚

云移白月出觚棱，耿耿星河彻夜灯。
四海春风生澹荡，千年龛像自崚嶒。
梵钟声里机先息，黄鸟枝头梦可仍。
物外光阴谁与共？苔衣石壁古萝藤。

题仁丰里砖雕门楼

风埃亏蔽百年曾，镂叶雕花纪废兴。

藤槛来停新燕子，苔檐又续旧年灯。
世情翻覆元无定，天道轮回但有恒。
守得前朝遗韵在，清光一一到觚棱。

铜山游记

不炎不凛午时风，策杖登高兴未穷。
倚看晴光垂普照，行随草径觅幽通。
苍苔何惧严霜力，古木应参造化功。
莫道三山秋色好，此山清致有谁同。

西江月　西江捺山一日游

蝶翅翻迷花阵，清风争扑人眸。云无拘碍自悠悠，一缕霞光初透。

红颗食来甜蜜，小名念到温柔。青林深处任淹留，何计黄昏时候。

卜算子　文峰寺行记

莲向佛前开，塔在云中卧。不二门中窥真如，诸妄随风堕。

钟鱼旦暮鸣，潮汐声相和。

村落人家临水住，几点闲灯火。

金缕曲　瘦西湖踏雪寻梅拈韵得水字

人坐流年底。看时光、决然成漏，借留无计。腊后岁前寒未退，问取南枝开未。初破蕾、芳华有几？粉屑暗香沾衣袂，指轻弹、漫道温凉意。昨夜雪，悄然止。　珠宫玉阙应如是。隔烟波，云山千叠，素心如洗。白瓦乌檐俱迤逦，孤鹜拍浮寒水。倚并看，廿桥风细。旧景

缤纷休省记。满倾杯，寻个无愁地。梅与雪，总相契。

高阳台　邵伯春游分韵得存字

孤驿停舟，高丘纵目，晴湖远接云根。粉壁乌檐，人家鸡犬相闻。柔条许向风前绾，隔章台，此意谁论？暗销魂，浅白轻红，竹瘦三分。

长亭野渚空陈迹，叹韶光似昨，水月非真。炳蔚文章，苔碑遗墨犹存。苕溪石枕千

年碧，近芗林、消尽尘氛。拂香茵，六曲朱阑，倚到深春。

宋卿卿

临江仙　谢馥春

熏染鲜花妩媚，定香冰麝长妍。雍容华贵自天然。溯源因本草，珍品丽名媛。　佳气轮回四季，妆成国色堪怜。谢家幽巷植芳园。何须灯下醉，且向画中眠。

临江仙 文昌阁商圈

四望亭前闲走，文昌路上消磨。绿荫丛里掩藤萝。比肩兼接踵，照影舞婆娑。店铺人潮汹涌，商家四处吟哦。漫言年岁尽蹉跎。红尘不老梦，都是一支歌。

临江仙 扬州巷

薄雾闲藏小巷，流光漫卷重帘。深深庭院挑乌

檐。淡云舒玉蕊，春色未能耽。太守文章何处，时间寄与诗函。人来人往有谁谙？鞋音青石上，且把此行占。

踏莎行　文峰寺石像群

看汝寻欢，观他劳作。塔前草地团团坐。旃檀一缕悟心香，花开彼岸千千朵。弃舍由谁，去来在我。灵台方寸思因果。经声佛号渡晨昏，人生总是修行课。

李国栋（1975— ）

山东广饶人，现居上海。

扬州湖上草堂闻伊秉绶故事

曲岸堂前水接天，熙来攘往是游船。
伊公德政谁人识，不道终因一饭传。

展旭强

生查子　古运河花船游

诸子泛龙舟，溢彩流光夜。玉笛暗飞声，得似萧郎驾。　满郭看神仙，杨柳清风下。雁字过长云，映作波心画。

望海潮 平山结社十年有感

赓歌遐畅，晴云淡荡，当年星聚仙舟。金谷衔觞，梁园赋雪，归来十度春秋。高迹满扬州。狂心原不愧，李杜风流。可惜阳春，红尘赢得几人讴？ 谁堪豁此青眸。但芳樽饮月，长笛登楼。堂上递荷，筵间击钵，翻成段段牢愁。折柳旧江头。花雨飞还散，清思难收。忘却营营万事，一任敝貂裘。

耿震

清平乐　闻扬州广陵芍药兄五十生辰遥寄

维扬难老，处处梅开好。谁道百年将半了，如海花丛侧帽。　不须插翅蟠空，岐山梦扰蟠翁。只把一番心事，付于桃李春风。

水调歌头　戊戌岁末赴平山诗社年会后作

雪意满江国，歌啸动扬州。谁家寒笛新弄，深巷暗香浮。相约南徐师友，来访平山才俊，谈笑尽良俦。把盏谢嘉会，人物自风流。凤凰巢，旌忠寺，阮元楼。欲书故迹新景，佳处每难酬。但恨阳公去久，不肯回戈驻日，无计暂淹留。更待烟花好，应许约重游。

李彦

登花舟夜游扬州

红楼青瓦万家坊，一路垂丝绿锁墙。
云驾花舟将碾月，雁穿霄汉正还乡。
倚才难尽扬州好，隔岸犹频桂子香。
欲使平生成薄幸，何妨一梦十年长。

肖腊梅

富春

水色茶香自绝伦，一壶明月一壶晨。
闲来几盏清风下，春夏秋冬属富春。

四、酬酢篇

朱东润（1896—1988）

江苏泰兴人。文学批评史专家，传记文学专家，上海复旦大学教授。

为扬州友人书立轴口占

红树青林带暮烟，并桥常有卖鱼船。
樊川诗句营丘画，尽在先生拄杖边。

林散之

小诗四首，赠广陵桑愉子，并示刻印诸同人，兼呈孙龙父一粲

笑子不能务正业，业余又向纸堆钻。
可怜毛笔兼刀笔，偷取风神石上刓。

搜却精灵夸上流，佩觿雅欲自封侯。
深剜浅刻寻常事，赢得荣名两字留。

日日归来弄瓦当，千秋遗孽蔡中郎。

赏心自得窗前月，镌就名章号素王。

邗沟连日雨丝丝，我忆斯文吴让之。

春水断桥二十四，更于何处觅人师？

题永义刻石

古法融今法，前贤让后贤。

一灯小如豆，长夜不成眠。

意得骊黄外，心留朱白间。
名章新镌好，力逼义熙年。

次韵答孙龙父

频年辛苦孙明复，教学家风有嫡传。①
古岭梅花今面目②，西湖春水旧源泉。
乾嘉余绪存孤诣③，丘壑闲情得永年。
我是江南未归客，读君诗句倍留连。

自注：

①宋孙复（字明复），以《春秋》学教弟子。

②今于博物馆始知龙父能诗。博物馆在梅岭史公祠。

③扬州在乾嘉年间金石之学最盛。

次韵酬蔡易庵

感激先生一首诗，蹉跎空负画中师。

年抛岁月荒寒外，学误虫鱼结想迟。

江上青山留昨梦，灯前夜雨忆君时。
不堪别后风涛隔，犹向跫音认子期。

龙榆生

浣溪沙　乙巳除夕前一日，漫拈阮亭旧句发端，并次原韵反其意寄石承扬州

北郭清溪一带流，此间宜夏亦宜秋。老来犹自梦扬州。　爱捧朝暾收宿雾，更吹高角洗清愁。吐虹豪气压层楼。

短艇如飞纵画桡，弦歌互答五亭桥。壮怀横扫

瘴烟消。　谁数秦王歌阵破，东方红映水迢迢。五洲掀起最高潮。

夏承焘（1900—1986）

字瞿禅，晚年改字瞿髯，别号谢邻、梦栩生。浙江温州人。教授，现代词学的开拓者和奠基人。

惜黄花慢　送丁怀枫归扬州

未酌离觞，便较量梦路，何似江长。听鹃心事，累蓬踪迹，去原瓠落，住也回惶。旧山幸在横流外，看先放、单舸雷塘。念射堂、唤归夜月，今照何乡？

荷衣耐得风霜，谢故人

问讯，湖海行藏。雍门孤唱，尚能慷慨，霓裳再听，都是伊凉。待弹别鹤招奇翼，俯千丈、台荡青苍。诗满囊，与谁共理疏狂？

缪钺（1904—1995）

江苏溧阳人，生于河北迁安。著名历史学家、文学家、教育家、诗词家。历任浙江大学、四川大学多所大学教授。国务院学位委员会批准其为首批博士生导师。

一九八一年十一月，唐史研究学会在扬州举行年会，余因目疾，未能赴约，小诗代柬，奉呈与会诸公

盛会维扬地，清风江上波。

二分明月好，千载史题多。
本拟乘鸾去，其如病目何？
来年佳兴在，锦里盼相过。

周扬（1908—1989）

湖南益阳人。原名周运宜，字起应。现代文艺理论家、文学翻译家，曾任中共中央宣传部副部长、中国文联主席等职。

别扬州口占

高僧东渡传佳话，梅岭孤臣誓竭忠。
往昔繁华今又见，扬州名已遍江东。

郭影秋（1909—1985）

江苏铜山人，曾任南京大学党委书记兼校长、中国人民大学副校长、名誉校长。

谢天石约游扬州兼别南京

人生有命复何求，易易偏能误壮游。
胜地年年失交臂，峨眉鸡足又扬州。

饶宗颐（1917—2018）

字固庵，号选堂，出生于广东省潮州市。书画大师，与钱锺书、季羡林并列，称之为『南饶北钱』和『南饶北季』。代表作有《敦煌书法丛刊》等。出版论著五十余部、论文四百多篇。

水调歌头

张锡厚自北京来书，告任老于去岁十二月十三日谢世，记七十年代余在星洲君屡贻书讨论，谓将以用韵为曲子断代，余复札深不谓然，媵以《敦煌曲》一书，君

终放弃是说。一九八〇年冬，余过维扬，与曾宪通至扬州师院趋候起居，荏苒十载，遂成隔世。君秉性倔强，坎坷一生，勇于排外，与余争论，竟成敦煌学一段公案，非始料所及也。君力学不懈，老而弥笃，讥诃当代，虽被视为学风偏颇，然于曲学揄扬之功，终不可没，以词挽之，兼以自讪云。

臣质更谁继，俯仰起悲风。无穷天地纯美，行处任西东。蛮触纷争偏好，耳眼聪明各照，一笑漫相通。执『伴小娘』本，甘（缺一字）蹈

虚空。运斤斫，垩漫鼻，立从容。但伤

夫子既逝，无与语鸿蒙。何有生前身后，赢得琢肝钵胃，牖下老雕虫。痴绝吾生事，失

技将毋同。

满江红　全国古琴拍谱会雅集扬州珍园，分袂之顷，谢雷巢作《水龙吟》赠别，赋答

水木清华，算赢得、湖山未瘦。春渐老、平山

堂外，烟光依旧。人到中年耽佚乐，川连平野添神秀。看江山、元雅竞扬芬，琴丝奏。南雁落，樵歌又。朝飞雉，出纤手。漫写入悲丝，临岐时候。云拥关河堪送老，人归城郭空搔首。笑平生、何事马蹄间，闻《折柳》。

自注：

孝芊弹墨子悲丝古调。

李亚如（1918—2003）

江苏宝应人。一级美术师。曾任扬州市副市长、国画院院长，绿杨诗社社长。

绿杨诗社成立以作纪盛用卢见曾《红桥修禊》韵

淡烟笼水泛轻舟，树影山光作小留。
画笔重开新阆苑，箫声依旧古扬州。

斜阳暮霭情何限，丝管榆钱句未酬。
中散风流今又继，绿杨清韵出人头。

谭佛雏（1919—1997）

湖南津市人。扬州师范学院中文系教授。中国古代美学、文论研究专家。代表作《王国维诗学研究》等。

金缕曲　赠扬州师院蒋逸雪教授

投老归林壑。算人生，酸甜苦辣，尽堪咀嚼。嚼到平平闲淡处，蓦见本来面目。尽沦浪水清水浊，我送公归无别语，只一生俯仰差无作。人到此，亦云乐。　虹桥梦绕金山脚。

喜相从，扁舟一叶，隔江相约。山雨潇潇春夜永，漫忆生平述作。又一一，从头笔削。还继张刘双谱后，把阳湖文派勤敲琢。我有酒，为公酌。

谢孝苹（1920—1998）

字鹿坰，号雷巢，笔名周塬。江苏海安人。著名古琴演奏家。有《雷巢文存》。

水龙吟　珍园留别

携来绿绮云和，过江裙屐多如鲫。虹桥路上，梅花岭畔，莺飞燕集。蕙草迎风，朱池凝翠，歌台声歇。但停骖借问，座中嵇阮，更谁是，烟霞客。

玄鹤飞来就榻，响迸泉、崩雷裂

石。犹龙老子，停针淑女，九霄竞翮。拈出阳春，西楼月满，情怀何极。奈江云易散，只应归去，撅阳关笛。

秦子卿（1925— ）

号武公。江苏扬州人，生于上海。扬州师范学院教授，曾任大学校长。著有《烽火诗钞》等书十七种。

念奴娇　扬州春日即事次日本京都大学清水茂教授原韵

绿杨村外，倚平芜、放眼西湖一角。隋苑唐城遗迹在，几处冈峦确荦。玉液千钟，珠帘十里，往世滔滔浊。东风吹过，新天高远宏邈。

胜日修禊虹桥，赏名园窈窕，迷藏戏捉。漫步山堂寻六一，岭上鹏骞鹤啄。待月亭前，听泉楼下，歌彻云门乐。琼花初发，荼蘼香梦先觉。

李声高（1944— ）

湖北黄石人。副编审。曾任职于黄石市政协、市人大，西塞山诗社社长。著有《八半吟稿》等。

寄扬州师院徐沁君先生

铜琶铁板费吟敲，喜沐春风赋楚骚。
不惑年时求解惑，仰高山处盼登高。
论才自愧诗情少，拈管谁知胆气豪。
若借一帆风浩荡，敢从学海破惊涛。

熊盛元

梦江南　扬州席上赠零落秋声兼柬绿杨诗社诸君

人如梦，桑落酒盈卮。红豆①馨香司命主，绿杨城郭《衍波词》②。醉到月斜时。

注：

①广陵吴绮，字薗次，号听翁，别号红豆词人，

有《艺香词钞》四卷。

②王渔洋有《衍波词》。

张贻柏

暮赴芜城晤一鋆自专次晨别

趱程非赏月，江北暮停云。
连榻衩衣见，无言酒气熏。
吴山时寂寞，隋柳最殷勤。
清晓在歧路，逢君又别君。

于文政

重阳寄广陵诸友四首

锦字遥传雁一呼，华章纷落瘦西湖。
新香陶径惟黄菊，旧梦柯亭失绿芜。
行路已安眸下棘，登高谁插鬓边萸。
何当连臂淮扬友，竹叶杯深醉晚垆。

龙舰千年去不回，广陵风雨旧池台。

云驱徐兖青鸿至，涛驾淮邗白马来。

樵路缘山寻野蔌，渔矶傍水漾新苔。

莫嗟秋鬓随梧叶，香社如今汇俊才。

茱萸一水绿回湾，每至长淮欲买山。

天地为庐居不易，图书作壁卧知闲。

飒风涛露三秋际，寒雨穿云百里间。

廿四桥边红药老，玉箫声里听潺潺。

云淡吴天气泬寥，平山堂接五亭桥。

怀人邗上鹃啼月，叹我辽东鹤在霄。
客里一筇欢得得，人间歧路聚遥遥。
门庭九子旌旗盛，早欲明春驾短桡。

扬州席上分韵得西字奉诸君

五载重游旧竹西，晴波十里幻霞霓。
岗腴北走云趋壑，湖瘦南回水拥堤。
楚泽芝兰曾植畹，平山桃李已成蹊。
锦筵何幸同拈韵，芜笔芹呈任品题。

刘军（1960— ）

祖籍江苏徐州，现居新疆伊犁。伊犁诗词学会副会长兼秘书长，著《沧浪集》。

沁园春　伊犁新源送别扬州友人

骑鹤扬州，伊水来游，又见雨中。正长亭近晚，白杨幽角，穹庐已暖，暮色烟笼。草美新源，月明廿四，诗画西湖瘦比浓。天仙客，下毡房围坐，夜话重逢。　鼓琴天籁星空。

有朋自远方来举盅。待民歌起舞，生逢激荡，
奶茶媲酒，豪饮如虹。一楫门前，风催杨柳，
山外山重山影踪。潇潇去、送婵娟千里，回首
惊鸿。

杨业胜（1960— ）

河南光山人。曾就职于河南省光山县档案局。著《江淮风雅》。

游扬州

三月广陵游，烟花两眼收。
运河飘玉带，亭阁立芳洲。
酒对淮扬菜，弦弹燕子楼。
月明寻八怪，画竹也风流。

周爱东

雅聚小盘谷和西风

七弦常欲弄花前，怕引花神错识年。
不信东风吹旧草，原来深谷起新烟。
寒潭转过山中影，小径迎来洞外仙。
雪乳纶音香满座，可期后会再操弦。

孙 飞

霜天晓角 东关古渡分韵得故字

荷花开处，渐止黄梅雨。君与岭南新荔，为明月，扬州赴。古渡，寻旧路。柳青春未住。应记江南彼岸，人将老，情如故。

鹊桥仙　得月楼分韵得用字

浮生且乐，千觞何惧，莫道书生无用。浪中不必细推论，待来日，潮头与共。　月闲路白，花香云巧，零落成泥谁痛？夜阑归路各西东，梧桐下、秋声新梦。

沁园春

水哥邀饮于沁园春，饮罢示到会诸君以酒店名填词，记录平山友谊。

露浅霜迟，城市黄昏，灯火灿然。若满天明灭，银河浩瀚，一生来去，陌路蜿蜒。彼岸花开，东篱菊艳，又琢新词纸上填。东关外，正良宵依旧，秋水无言。

今朝犹忆当年，高鸟翥，故人何处欢。便东塘问雨，难期醉后，龙川对月，再梦窗前。春在归途，轻鸿去也，一派湖光应未寒。西峰上，览平山烟袅，杨柳蹁跹。

徐学帅

花上月令　庚子孟秋龙川孙飞兄邀宴红高粱分韵花字

公门差毕日西斜。记前约，向烟霞。小城仙女秋波外，弄晴纱。人妩媚，思无邪。相问半生何所得，心愈静，鬓多花。共谁把盏开金阙，享清嘉。上新月，漫添茶。

定风波　庚子季夏邀人小酌共话平山十年分韵先字

风雨寻常若许年，坐花载月效前贤。肆里街前多少次，不记，袭人酒气自占先。与子同袍期白首，抖擞，醒为倾盖醉为颠。一霎飘零黄叶坠，清泪，此生无悔洒君前。

水调歌头　文峰寺聆听能度大和尚说

过去未来因果野狐禅公案

名寺运河曲。宝塔七层珍。塔前观足风景，千里水天真。竟想连云飞橹，只合如花胜侣，骑鹤共斯人。槛外柳常拂，枝上鸟多亲。

性空有，如是说，不虚闻。未来过去，能度师父座中宾。漫道平生非我，不昧轮回因果，脱得野狐身。解此情深法，何乃汗津津。

严元星

约至沙头镇西江生态园

西江今有约，驰轸别喧嚣。
日上红初好，霜侵碧未凋。
主宾同趣赏，蔬果各妖娆。
曲径九回转，层林一望遥。
风生新竹叶，炊起旧农寮。
水底鱼虾旺，泥涂螺蚌饶。

钓台邻野肆，景气涨河桥。
剧饮待明月，或能闻玉箫。

文非兄朋至招饮东关古渡分韵得鹤

五月云初屯，客下扬州鹤。
古渡柳毵毵，灯火添绰约。
既奉延枚酒，不辞对豪酌。
谈资阔四方，据席同一乐。
引别意未阑，行歌盈广陌。

顾公康华岁末招聚荷花池畔拈韵得欲字

荷花池畔柳将绿，临波似见春之足。
廛市喧噪彻晚云，高阁灯火拥旌纛。
顾公高谊酒相招，饮者无不恣其欲。
擎杯何复论尔我，佳人挈壶伺相续。
渐次酣热胸胆张，阔怀岂堪冠带束。
节物荣衰意常恢，且共拍浮泯宠辱。
世无仪轨可拘心，直须一醉莫踯躅。
入夜风随人兴涨，一揖要行还仰属。

周冠钧

赋扬州容亭并寄蒋茂军兄四十岁生日

容亭清坐思无涯，水漾春风到汝家。
始待精微能辨物，不辞高洁欲餐霞。
两三竿竹通人性，一二寸鱼知岁华。
蓦地云垂江海动，蚊雷草语证龙蛇。

呈文公分韵得佳字会于鸿兴清真馆

聊呈薄酒向清斋，为报先生兴欲佳。
把臂当时如梦寐，论诗此际畅襟怀。
广陵春半花侵市，辽海风高响入淮。
一十八年尘与网，云鸿去后恐天涯。

应沈兄德荣之约偕平山诸友于宝应射阳相聚游荷园赋长句以赠

宝应之东古射阳，射阳之水荷为主。

熏风邀我今来时，画船乱入芙蓉浦。

共田田兮逐浪轻，望亭亭兮花欲舞。

玉容肯住水云间，冷香飞过思千缕。

一枝独立若昂藏，含苞未许色轻吐。

数朵已然深浅开，花面掩映生媚妩。

回看东西南北花，恍惚此身在秀户。

鲦鱼相戏到荷边，逍遥不用畏网罟。
鸥鸟有时击水去，大块茫茫没雪羽。
眸中无限粉白红，秾华可怜不可侮。
忽思吾生如鱼鸟，逃尘只为避物苦。
人世匆匆欢几何，荷园同赋沈公某。

寄意

邵公邀约江都小滕家分韵得桂字长歌

君不见冒雨冲寒下龙川，鹤公设酒意拳拳。君

不见酒狂诗猛真豪士，不让古人三二子。一杯高擎一杯欢，斟得情怀似水湍。须臾便作龙鲸饮，玉山不倒海已干。诸君相识十数载，每假文章寄大块。大块能仁亦能容，云昏八表风流在。忆昔当年太阳城，梅兰春冶不胜情。寒雨冽风无所畏，醉里相呼各忘形。十年人事渐茫茫，秋月春花怯断肠。歌哭声中谁独去，萧风飒飒起白杨。白杨兮何健，白首兮吾愿。但许此情如老桂，久抱霜华叶鲜丽。今夕一醉为酬君，小滕家处酹旧誓。

杨敏

临江仙 聚扬州

相别相逢湖水瘦，长堤柳色依然。多情红药倩谁怜？泠泠风过处。吹动绿云衫。多少情怀成旧梦，浮生一笑樽前。千杯岂许吝青钱？叮咛桥畔月，伴我醉时眠。

董国军

朝中措　癸巳三月平山诗社雅集

琼花胜雪柳如烟，满座晋衣冠。天下三分明月，几多春在平山。

风流故地，曾经却是，江左文渊。归看长桥落日，波潮涌上云滩。

毛川

朝中措　十月三日与诸友谒平山堂，登栖灵塔，炊于蜀冈

栖灵塔顶腋生风，有意与君同。怀抱诸山堪小，胸藏点墨无穷。

神随太守，结庐邗上，买醉淮东。未了一年花事，正来几点秋鸿。

扬州慢　九月三十日登『江都』号花船，夜饮分韵得千字

灯火倾城，龙舟簇水，衣香十二栏杆。到船头独立，任衣袂风翻。看古郡、兵戈去远，万民安乐，一派悠闲。对佳人、指点阑桥，漫说东关。

横空雁字，也多情、来写青天。恰杨柳犹蛮，秋花正好，翠稳红嫣。篙下挹江门外，金樽满、小巷深帘。有二分明月，窥人欲上南山。

李旭东（1976— ）

现居辽宁凌海。就职于凌海石油液化气公司。

扬州平山数载与寄诸兄

青眼何如辨正宗，衣冠盛世混鱼龙。
尚经烟雨容诸子，且喜文章记阿侬。
虫蠹亦当怜我辈，奚奴原已惯西东。
怡心恰似扬州月，又照桥头廿四风。

展旭强

小盘谷雅聚

曲巷深深别有天，雕栏风雨几经年？
水流幽谷云窥影，梅傍重山竹带烟。
石径无人闻笑语，高楼满意待神仙。
登临需尽杯中酒，不见周郎弄七弦。

青麦坊谈『初唐四杰』后拈韵得比字

平生作高谈，泛商及流徵。
四面起人潮，喧喧若郢市。
太息彼风骚，久已失其指。
狐书可栖身，求道心未死。
略得诗中玄，与语二三子。
楼外雨滂沱，无意宁到此？
四杰话当时，惆怅难已已。
失路万古悲，幸织如霞绮。

斯文厄于今，嗟哉安可比。
萧然搔白发，中夜犹徙倚。

顾建峰（1978— ）

江苏江阴人，现居北京，从事市场研究和咨询工作。

扬州平山四载九子操持甚力今日风华不胜追陪乃为寄

平山草木廿桥月，历历犹思感未禁。
宛在风流归太守，羡他烟水有希音。
道焉容绊骥足四，句不能陪貂尾今。
君瞰广陵涛雪起，一时洗见古人心。

肖腊梅

天香

应庄周之约，十七日得游小盘谷。今以小词一阕，谨谢庄周，兼寄同游诸师友。

别馆尘惊，旧题诗冷，依约藤萝花溆。翠减红消，水流云在，槛外繁华分付。九峰犹伫，但为了、烟霞相许。遥想佳人锦瑟，寻到暗香深处。

只恨丹青无据，几回眸、那时砧杵。

空把鸳怀抛却，绮愁留住。沽酒桥头问渡，未销歇、春风第一赋。撩乱斜阳，谁扶醉路？

潘爽

文昌阁见幽亭席上赠周韩二同学

忍将离别已前春，残雪泠泠柳色新。
大隐繁华倚修竹，小留清雅向闲人。
君为沧海钓鳌客，我是早梅歌咏身。
休问天涯何处到，落花鸥鹭暂相亲。

后记

扬州是一座文化古城、名城，诗词文化自古博大精深，源远流长。1949年新中国成立以后，不少当代诗人词家以及众多的旧体诗词爱好者，或在扬州留下足迹，或与扬州发生过千丝万缕的联系，为此创作了大量情韵俱佳的诗词作品。要从这些浩如烟海的作品中，编选出能代表当代诗词高度，能体现当代咏扬州的诗词成果，这无疑是一项艰巨

复杂的工作。老实说，我甚至觉得有些底气不足。这不仅有自身学识、能力、水平、眼界的原因，也有诗词以外许多非技术性的因素。但是，要感谢扬州文联的支持，尤其是原扬州市作协主席杜海先生的厚爱和鼓励，使我有了迎难而上的信心和勇气。中国人民大学国学基金会也对诗词编选工作提出许多中肯的意见，对格律、用韵以及艺术性方面严加审校，在技术性层面上给予把关和指导，维护了作品编选的针对性和统一性。

『修辞立其诚』是这部诗词选本主要遵从的原则。咏扬州本是一个宽泛的概念，扬州是城市、风景、人文和社会行为的综合体。古人眼中的扬州，美得绝俗。『以园亭胜』『天下三分明月夜，二分无赖是扬州』『谁知竹西路，歌吹是扬州』『绿杨城郭是扬州』等，都是扬州的名片。诗词咏扬州，既是扬州的外在美和内在魅力激发诗人的灵感，也是个人情感投射到扬州这座城市，最终用旧体诗词这种形式表现出来的体现。正如孔子所云『诗可以

兴，可以观，可以群，可以怨』，扬州在诗人的笔下，也一样有此体现。当然，旧体诗词创作形式有其特殊要求，用韵、格律具有规范性和强制性，同时在艺术审美上也强调诗味、意境和比兴的运用。因此，好诗词是形式和内容的完美统一。编者的责任，如同伯乐相马，又如披沙淘金，必须坚持对读者、对自己负责，要把自己当成读者，同时又要高于读者。在编选中，具体到相关诗词作品时，主要从文采、立意、情感、音韵等方面进行考查，不惟名

家，不薄后学，没有条条框框，一切以作品说话，坚守编选质量，务求选出能反映旧体诗词特有魅力的作品。编选的过程，也注意了古风今韵、古声今事的结合，注意歌咏时代、歌咏新生活作品的吸收，努力使选本更包容、更有活力。

编选工作于2015年2月底启动，通过平山清韵网及其公共微信平台向社会征集，扬州大学李坦教授专题选编，部分诗词家约稿，加之大量诗人词人作品合集和个人文集的查阅，

短短的两个月中，初选作品千余篇，随后又进行三次细致的编选审核，至9月中下旬定稿。时任扬州市作家协会主席的杜海先生也为该书作序。之后，书稿顺利通过了有关方面的审核。该书原本打算在2016年前后出版，但由于多方面的原因，却一直未能付梓，愧对了投稿者的信任和支持。尽管如此，在六年多的时间里，我们始终和资助方、出版方保持着联系，多次磋商书稿事宜，并没有放弃出版的计划。

2022年7月，原资助方纪宝成国学基金

经过慎重考虑，再次启动了《当代诗词咏扬州》的出版工作，明确该书将由岳麓书社出版。这对编者和作者来说，无疑是一个天大的喜讯。但因时间已久，不仅不少入选作者的情况发生变化，而且这六年来的作品数量也大幅度增加，所以，经与资助方和出版方的协商，决定在总的体例、框架、入选原则不变的情况下，对入选作者的情况重新进行了梳理、审核，并增补了部分作者的部分作品。入选作者由原153人，增加到177人，其中：男148

人，女29人。入选作品由原396首，增加到639首，其中：诗405首，词228首，曲仍为6首。

依据作品表现的内容，全书大体上分为四个部分，即风景篇、感怀篇、人文篇、酬酢篇，由此可窥扬州城市文化之大略。入选作品按作者年齿长幼排列，年龄断代为当代，即为1949年中华人民共和国成立时尚健在的作者，年纪最早的为1884年出生，最小为1999年出生。个人简要情况在作品首次出现

时作进行介绍。在格律用韵上，诗遵《平水韵》，词用《词林正韵》，曲守《中原音韵》，确保编选的一致性。同一作者在同一板块里的多篇作品，按照先诗后词，字数先少后多，词按先小令后长调的顺序排列。

本书入选的扬州籍和居扬作者有七十多人，中青年诗人占到一半以上，是扬州当代诗词队伍的主体。他们创作了大量的咏扬州诗词，因篇幅所限，只能精选辑录。此外入选的一百多人，大多为中国现当代著名学者、文化

人士、诗词界元老，以及各地诗人，还有一名日本学者，他们用诗词抒写情性，歌咏扬州，为扬州文化发展鼓劲加油，作为编者，我对他们由衷地致以敬意。

回想本书初编时的2015年，是扬州建城2500周年，作为『全国诗词之市』，诗咏扬州既是扬州诗家责任所在，也可谓盛逢其时。虽然本书未能在当年如期出版，但其价值仍然是巨大的。六年多来，扬州旧体诗词发展取得长足进步。以绿杨诗社、平山诗社（网络）为

主体，活跃着一大批旧体诗词创作骨干力量，

他们以弘扬扬州诗词文化为己任，追求诗词艺

术的真善美，不拘一格运用各种传媒平台，内

外兼修，雅集吟咏，存古立新，颇有风起云涌

之势，诸如《平山清韵》《绿杨吟草》等诗词

文集的印制，皆见证了这种诗词振兴的成果，

他们中间的一些作者已经基本具备了诗学传承

的能力和素质。六年来，《风神自照：歌吹是

扬州》《壶天自春：当代诗词咏个园二百首》

《扬州当代诗词》等一大批代表扬州当代诗词

原创水平的作品合集出版发行，标志着扬州诗词创作进入了一个崭新的天地。我个人的旧体诗词选集《清溪集》《信美在扬州：旧体诗词自选集》，分别于2018年、2021年入选扬州市文艺创作引导资金扶持项目，成功出版，更佐证了扬州市文联对旧体诗词创作的关注和扶持。追求精品，追求卓越，打造诗词重镇，这是生活在『全国诗词之市』扬州的诗人们应有的态度，从入选《当代诗词咏扬州》的作品中可以看出端倪。

衷心感谢中国人民大学原校长、教授纪宝成先生为本书的编审和顺利出版提供鼎力支持，感谢纪宝成国学教育基金提供的大力资助，感谢蒋利华老师的默默付出，感谢岳麓书社蒋浩女士的辛勤劳动，感谢李坦教授为本书编审提供大力帮助，同时对各位入选作者的支持与不弃表示由衷的谢意。

秋光潋滟，桂华皎洁。不禁想到了唐刘禹锡的《秋词》：『晴空一鹤排云上，便引诗情到碧霄。』也许这一鹤就是扬州鹤，这诗情就

是咏扬州的诗情。诗和扬州紧密相连，千百年来演绎着一曲曲的传奇。秋天是属于诗人的，也是属于收获的。愿以这样的一本诗词选本，馈赠曾经或正在为扬州孜孜不倦吟咏的诗人们。付梓在即，心有戚戚，时间仓促，遗珠之憾或疏漏走眼之处在所难免，请原谅编者的错漏和不当。相信好诗就是金子，不会一直被沙子埋没光辉。

周冠钧

2022年9月

图书在版编目（CIP）数据

当代诗词咏扬州 / 周冠钧编著 . —长沙：岳麓书社，2023.12
ISBN 978-7-5538-2002-6

Ⅰ . ①当…　Ⅱ . ①周…　Ⅲ . ①诗词—作品集—中国—当代 Ⅳ . ① I227

中国国家版本馆 CIP 数据核字（2023）第 240220 号

DANGDAI SHICI YONG YANGZHOU
当代诗词咏扬州
周冠钧　编著
责任编辑：刘书乔　孙　林　田　丹
责任校对：舒　舍
封面设计：风格八号

岳麓书社出版发行
地址：湖南省长沙市爱民路 47 号
邮编：410006

版次：2023 年 12 月第 1 版
印次：2023 年 12 月第 1 次印刷
开本：640mm × 960mm　1/16
印张：39
字数：137 千字
书号：ISBN 978-7-5538-2002-6
定价：128. 00 元

承印：长沙市雅高彩印有限公司

如有印装质量问题，请与本社印务部联系
电话：0731-88884129